En toute intimité

En toute intimité

Margot Malmaison
Avec la collaboration d'Anna Topaloff

Michel Lafon

118, avenue Achille-Peretti – CS 70024
92521 Neuilly Cedex

À **vous**, mes amours,
qui me donnez tellement d'amour
et de soutien au quotidien !

À ma **famille**,
mon père, ma mère, Marine et Maëva.
Trop de love pour vous !

À ma **team** qui m'a toujours soutenue.
Amaury, Alicia, Lucile, Charlène,
Marine, Antoine… #BFF !

À **Maxence,** évidemment,
qui m'accompagne dans ma vie de tous les jours
depuis cinq ans maintenant…

LE MOT DE MARGOT

Je me souviens du premier message de fan que j'ai reçu. C'était il y a quatre ans. Je tournais dans les clips de Maxence et je m'étais mise à écrire des chroniques sur ma page Facebook. Je pensais qu'elles amuseraient mes amis, mes proches... Mais un jour, j'ai reçu sur Facebook un message de quelqu'un que je ne connaissais pas ! J'étais super émue. En plus, la personne me faisait plein de compliments ! Je lui ai répondu, et ça a été génial parce qu'on s'est rendu compte qu'on avait plein de points communs. Ce jour-là, je me suis promis de répondre personnellement à tous les messages que je recevrais. Mais au bout d'une semaine j'avais... 13 000 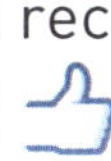 sur Facebook, *ce qui est énorme !* Et des centaines de messages sur les réseaux sociaux.

Chaque jour, il en arrivait de nouveaux, c'était un truc de fou ! J'ai réalisé que ce que j'avais écrit dans ma chambre, ces petits textes qui racontaient la vie d'une lycéenne banale, avait touché des milliers de gens. J'étais heureuse, fière ! Vous vous reconnaissiez en moi et moi, je me reconnaissais dans vos messages. C'est comme si on avait une connexion particulière, au-delà des kilomètres qui nous séparent. Depuis, il y a eu les livres, les dédicaces, et je reçois parfois tellement de lettres que je n'arrive pas à y répondre comme je voudrais.

Alors, j'ai écrit ce livre pour vous. Pour vous remercier. Pour vous rendre tout l'amour que vous m'avez envoyé depuis ces quatre années. Et pour vous dire, à TOUS, que je vous adore !!! Vous dites que mon histoire vous fait rêver, que dans vos moments de galère ça vous aide de penser à moi et à Maxence... mais en réalité, c'est vous qui m'aidez ! C'est vous qui êtes toujours là pour moi, à me soutenir, à me féliciter, à *liker* et commenter mes photos. Quand je n'ai pas le moral, je lis vos messages et, direct, ça me donne le sourire ! Savoir que vous êtes là, à mes côtés, toujours prêts à m'accompagner, c'est du pur bonheur !!!

Pour moi, vous êtes ma deuxième famille. Et je ne dis pas ça en l'air ! Parce que, grâce à vos lettres, j'ai l'impression de vous connaître. Vous me racontez vos petites histoires, vos grands chagrins (d'amour !), et parfois même vous me demandez mon avis, comme si j'étais votre amie, votre confidente, votre grande sœur... Ça me touche énormément. Vos lettres m'ont toutes émue. Souvent, je les lis le soir, avant d'aller me coucher, et j'adore ce moment-là de ma journée ! Parfois aussi, vous réussissez à me faire pleurer parce que vous traversez des périodes difficiles et que vous avez besoin de vider votre sac. Vous dites que vous vous sentez seuls, que vous ne savez plus à qui parler, alors c'est à moi que vous vous confiez, dans des messages si beaux, si émouvants que je fonds en larmes en vous lisant. À vous, je voudrais dire que je suis fière d'avoir votre confiance et que je serai toujours là pour vous écouter, sans jamais, **JAMAIS**, vous juger.

Mais la plupart du temps, vous me faites bien rigoler avec vos aventures de collégiens ! Ça me rappelle des souvenirs !!! Les prises de tête entre copines, les questions sans fin sur l'amour, l'amitié (et le sexe !), les embrouilles avec les parents... je connais aussi ! Quand je vous lis, c'est comme si je me revoyais, moi, la petite Margot qui allait au collège, qui traînait avec ses copines à l'arrêt de bus et qui se demandait si, un jour, elle sortirait avec Maxence...
Comme vous connaissez mon histoire, vous voulez souvent que je vous donne des conseils pour savoir si entre vous et votre meilleur pote c'est plus que de l'amitié. Et pour plein d'autres choses d'ailleurs ! C'est comme si j'étais votre grande sœur et qu'on papotait dans votre chambre, avant d'aller dormir. J'adore !

Ce lien qu'on a créé, vous et moi, c'est quelque chose de très fort. C'est drôle parce que je savais que le premier clip de Maxence avait été vu par des millions de personnes, mais j'avais du mal à réaliser. C'étaient juste des chiffres en bas de la vidéo sur Youtube. C'est quand j'ai reçu vos messages que c'est devenu réel. Là, j'ai compris qu'il y avait VRAIMENT des millions de gens qui me connaissaient !

Mais le mieux, ça a été de vous rencontrer en vrai au cours des dédicaces. La première fois, j'ai halluciné ! Je ne pensais pas qu'il y aurait autant de monde et, quand je me suis retrouvée au milieu de toute cette foule, j'avoue, j'ai un peu paniqué. J'étais super timide, à l'époque, alors c'était... presque trop. J'étais incapable de parler tellement j'étais émue. Mais vous étiez là, vous aviez fait le déplacement pour venir me voir, vous aviez mon livre à la main et plein de choses à me dire... Je n'avais pas le droit de vous décevoir !

Alors, pour vous, pour être à la hauteur de votre confiance, j'ai décidé de sortir de ma coquille. Pour ça aussi, je tenais à vous dire merci. J'ai longtemps lutté contre ma timidité, c'était un gros problème pour moi de parler, sans rougir et sans bafouiller, à des gens que je ne connaissais pas. Et si j'y suis arrivée, *c'est grâce à VOUS !*

Maintenant, je suis plus à l'aise avec les gens... et je n'ai plus peur des dédicaces, au contraire ! J'aime vous rencontrer, savoir qui vous êtes, à quoi ressemble votre vie. Ce moment d'échange avec vous, c'est ce qu'il y a de plus beau dans ma vie ! Souvent, on n'a pas assez de temps pour parler vraiment. Après les séances de dédicaces, je repense à tout ce que vous m'avez dit et j'aimerais qu'on continue de discuter ensemble. Que vous preniez le train de retour avec moi et qu'on passe le voyage à parler, à refaire le monde, à chercher des solutions à ce qui nous prend la tête...

Si j'ai écrit ce livre, c'est pour continuer cette conversation avec vous. Pour que le lien qui nous unit, vous et moi, ne s'arrête pas à la fin de la dédicace mais vous accompagne dans votre vie de tous les jours. Dans ce livre, il y a vos lettres, et ma réponse. Vos questions, et une série de conseils que je vous donnerais si on en parlait devant un café à la sortie du lycée ! J'ai sélectionné des lettres parmi les centaines que j'ai reçues et que je garde précieusement dans une « boîte à trésors » sous mon lit. Je les ai choisies parce qu'elles parlent de thèmes qui me tiennent vraiment à cœur.
Évidemment, on parlera beaucoup d'AMOUR ! Parce que c'est le grand sujet de conversation des filles, pas vrai ? De côté-là, je n'ai pas à me plaindre parce que ça se passe toujours aussi bien avec Maxence.

Vous avez vu qu'on s'est mariés, tous les deux ? Il y a eu des photos dans les magazines, donc peut-être que vous êtes au courant… C'était un moment tellement magique que je ne résiste pas au plaisir de vous le raconter ! En août dernier, j'ai décidé de faire une surprise à Maxence en le rejoignant à Las Vegas sur le tournage de son clip. Il dormait quand j'ai débarqué dans sa chambre et il était trop mignon avec sa tête mal réveillée et son beau sourire tout étonné ! Deux jours plus tard, on s'est dit « *I do* » dans une chapelle en plein désert à 23 heures ! Quand la musique a démarré, c'était comme dans les films et j'ai ressenti une telle émotion que j'ai fondu en larmes, direct ! Heureusement que je n'étais pas trop maquillée ! Bien sûr, c'est un mariage qui n'est pas valable en France, donc pour nous c'était juste un délire, une façon super romantique de se prouver notre amour.

Dans ce livre, je ne vais pas parler que des garçons. Parce qu'il n'y a pas que ça dans la vie, non plus ! Les copines, la famille, les complexes, les études… J'ai essayé de vous apporter mon aide sur tous les sujets qui touchent les ados. Si j'en ai oublié, dites-le-moi : ça me donnera des idées pour le prochain livre… **LOL !** Il y a des situations que j'ai vécues personnellement, comme le fait d'être dans un nouveau lycée et de devoir se faire de nouveaux potes. Là, je me

suis servie de ma propre expérience pour vous aider à faire les bons choix (et à ne pas commettre les mêmes erreurs que moi, parfois !).
Pour d'autres situations qui ne me sont pas arrivées, comme le divorce des parents par exemple, j'ai demandé à mes copines qui ont connu ça. Et elles m'ont expliqué ce qu'elles auraient aimé que leurs copines leur disent, à l'époque, pour leur remonter le moral. C'est donc mon livre mais aussi celui de mes copines : on s'est bien pris la tête, toutes ensemble, pour vous donner le top du top des conseils !

Je voulais aussi parler dans ce livre de sujets très graves ou très sérieux, comme le harcèlement ou l'homophobie. C'était très important pour moi. D'abord parce que ce sont des problèmes qui concernent beaucoup de gens, y compris des amis à moi. Et aussi parce que le fait d'être connue me permet de toucher un grand nombre de personnes, et donc de faire passer des messages. L'homophobie, par exemple, me met en rage et je suis fière d'avoir écrit, dans ce livre, tout le mal que je pense de ces gens qui jugent les autres sur leur sexualité ! Il faut le dire, le répéter, le crier sur tous les toits… jusqu'à ce qu'ils comprennent qu'ils ont tort ! Je parle aussi bien à ceux qui en sont victimes qu'à ceux qui tiennent des propos homophobes ou harcèlent une fille du collège. Parfois sans s'en rendre compte ! J'en sais quelque chose parce que, moi aussi, ça m'est arrivé et c'est une expérience que j'ai voulu partager avec vous. J'espère que vous ne me jugerez pas trop vite et que mon histoire vous fera réfléchir à la façon dont on se comporte parfois, même sans le faire exprès…

Attention, je ne vous dis pas comment vous devez vivre votre vie ! Jamais je n'oserais faire ça ! J'essaie simplement de vous aider à prendre du recul et à prendre les bonnes décisions qui vous aideront à sortir de ces situations qui vous prennent la tête. Comme le ferait une grande sœur ! Je n'ai pas la science infuse, comme on dit. Ni de recette miracle pour devenir la fille la plus populaire du lycée ou réussir sa vie amoureuse.

Bien sûr, on est super heureux avec Maxence mais, vous savez, tout n'est pas toujours rose non plus. C'est la vie ! On a des hauts et des bas, comme dans tous les couples. On a traversé beaucoup d'épreuves, lui et moi, et avec l'incroyable succès que connaît Maxence (et moi), notre relation évolue chaque jour. On bouge beaucoup tous les deux pour le boulot ;

parfois on ne se voit pas assez, on se manque, et ça crée des tensions entre nous. On a tous les deux un fort caractère donc quand ça pète... ça s'entend ! **LOL !** Moi, vous me connaissez, je monte vite en pression et Maxence a la mauvaise habitude de parler trop vite, de dire des choses blessantes qu'il ne pense pas du tout. Après, on regrette et on s'excuse. Il sèche mes larmes et me fait son sourire qui me fait craquer, alors on s'embrasse et on se dit qu'on est vraiment débiles de se disputer alors qu'on s'aime si fort ! J'ai confiance en lui, en notre amour. Lui comme moi, on sait qu'on a beaucoup de choses à vivre ensemble.
D'ailleurs, on a plein de projets tous les deux. Un nouveau clip, un calendrier, un livre et peut-être même... chut ! c'est encore top secret ! Ha ha !
Promis, dès que j'en saurai plus, vous serez les premiers au courant. Parce que, entre vous et moi, c'est une histoire qui ne fait que commencer.

Avec ce livre, on va encore mieux se connaître parce que je vous raconte plein d'anecdotes de ma vie ! Et même des choses dont je ne suis pas fière. Des moments de ma vie où j'ai fait les mauvais choix par exemple. Je n'ai pas hésité une seconde avant de vous les confier parce que vous, vous m'avez parlé avec beaucoup de liberté et d'honnêteté. Votre confiance me touche et, même, me bouleverse. Je tenais à être aussi franche que vous l'êtes avec moi parce que… c'est ça, l'amitié, non ?

J'espère que vous aurez autant de plaisir à lire ce livre que j'ai eu à l'écrire. Surtout, dites-moi ce que vous en avez pensé. Si mes conseils vous ont aidés, tenez-moi au courant ; racontez-moi ce que ça a changé pour vous, je serai très heureuse d'avoir de vos nouvelles ! Et si vous n'êtes pas d'accord avec certaines choses que j'ai écrites, dites-le-moi aussi ! On continuera cette conversation sur les réseaux, avant de se voir, pour de vrai, lors d'une prochaine dédicace !

Trop d'❤️ pour vous !
XOXO
#TEAMMARGOT

Margot

Chapitre 1

AMOUR OU AMITIÉ ?

Hello Margot,

Je suis en troisième et j'ai le même meilleur ami depuis la sixième. On s'entend super bien, tous les deux. On se parle de tout, et parfois on se comprend sans même avoir besoin de se parler ! Tout le monde nous dit qu'on devrait sortir ensemble. Ses copains le charrient tellement avec ça qu'ils se sont mis à l'appeler « l'amoureux de Leïla » pour rigoler. LOL. Lui, il se marre mais il ne dit jamais rien... Donc je ne sais pas s'il est vraiment amoureux de moi ou si c'est juste une blague. Et moi non plus, je ne sais pas quoi penser. Je l'adore, c'est sûr. J'aime être avec lui, lui raconter mes histoires, le faire rire... Mais est-ce que c'est ça, l'amour ?

Dis-moi, Margot, comment as-tu compris que Maxence était plus qu'un ami pour toi ?

J'attends ta réponse !

Big kiss

XXX

Leïla

Entre l'amour et l'amitié, il est parfois difficile de faire la différence. Moi, ça m'a pris des mois pour me rendre compte qu'en réalité j'étais amoureuse de Maxence ! Au départ, c'était mon meilleur ami. C'est vrai qu'on était tout le temps ensemble, qu'on s'envoyait plein de messages, qu'on se racontait des choses très intimes... Mais pour moi, c'était de l'amitié. Une amitié forte, fusionnelle, mais seulement de l'amitié. D'ailleurs, je n'étais pas jalouse quand il avait une copine. Cela ne changeait rien entre nous : il cherchait toujours autant à me voir, il continuait à *liker* toutes mes photos sur Facebook, à m'envoyer des messages le soir pour me dire « bonne nuit »... J'adorais notre relation !

C'est quand il s'est mis avec Priscilla que tout a basculé. Pour la première fois, ça m'a fait mal de le voir embrasser une autre fille. Mais surtout, ce qui a changé, c'est qu'il ne répondait plus à mes messages, qu'il ne venait plus sonner chez moi le soir pour qu'on aille faire un tour, et qu'il se contentait de me dire bonjour de loin quand on se croisait au collège. C'était ça qui était le plus difficile à vivre ! Alors j'ai réalisé une chose : tant qu'il n'avait que des petites histoires avec d'autres filles, il continuait d'être le même avec moi. Mais là, il commençait à tomber amoureux de

Priscilla et donc à avoir moins besoin de moi. Quel choc ! J'ai compris que j'étais en train de le perdre et que j'allais devoir me battre pour le garder.

Au fond, Maxence et moi avons perdu beaucoup de temps. On aurait pu se mettre ensemble bien plus tôt si on avait accepté de s'avouer nos sentiments, mais au final le destin fait bien les choses. Dans vos lettres, vous me demandez souvent comment savoir si c'est de l'amour ou de l'amitié, entre vous et votre meilleur ami. Chaque histoire est différente, bien sûr, mais je crois qu'il y a quand même des signes qui ne trompent pas… Et quelques petites choses à faire pour comprendre ce que votre ❤️ essaie de vous dire.

CONSEIL N° 1 : NE PAS ÉCOUTER LES AUTRES

Personne ne sait ce qu'il y a vraiment entre vous et votre meilleur ami. Ce n'est pas parce que vos copines sont persuadées que vous êtes amoureux que c'est vrai. Elles ne sont pas avec vous quand vous êtes en tête à tête, n'est-ce pas ? Alors que c'est là que tout se joue !

Les gens aiment bien lancer des rumeurs. Ça les

amuse, et ça occupe ceux qui n'ont rien d'autre à faire ! Parfois, c'est parce qu'ils n'ont jamais eu d'amitié forte avec quelqu'un de l'autre sexe et qu'ils s'imaginent que ça n'existe pas. C'est absurde : bien sûr que l'amitié fille-garçon est possible ! C'est même une très belle relation. Avoir un meilleur ami est une chance. Ça permet de mieux comprendre les garçons, de s'ouvrir à d'autres façons de vivre et de penser... Alors n'écoutez pas les ragots ! Si vous sentez que ce n'est que de l'amitié entre vous, ne vous forcez pas à sortir avec lui : vous n'y gagneriez que des déceptions... et vous perdriez un ami !

P.-S. : J'avoue que parfois je ne peux pas accepter l'amitié d'une fille avec mon copain... **OUPS !** **#TEAMPOSSESIVE**

CONSEIL N° 2 : PRENDRE LE TEMPS

Vous venez de rencontrer ce garçon, vous êtes déjà très amis et vous vous dites que vous devriez sortir ensemble ? N'allez pas trop vite ! Ne cherchez pas à brusquer les choses alors que cette relation commence à peine à s'installer. Au final, je garde un super souvenir de ce moment où Maxence et moi n'étions pas encore ensemble. C'était tellement fusionnel, tellement intense entre nous, nos conversations étaient tellement passionnantes qu'on ne pensait même pas à s'embrasser ! Parfois j'aimerais y retourner, à cette période-là...

Alors, profitez plutôt de ce stade pour apprendre à mieux le connaître. C'est après plusieurs mois d'amitié (et parfois même plusieurs années !) que l'on peut se faire une idée précise de qui est vraiment la personne, et que l'on peut savoir si l'on est amoureux ou pas. Mieux vaut, donc, prendre le temps plutôt que de découvrir trop tard qu'il n'est pas fidèle, qu'il n'est pas attentionné, qu'il réserve tous ses week-ends à ses potes... bref, que vous n'attendez pas du tout la même chose d'une relation de couple !

CONSEIL N° 3 : SE POSER LES BONNES QUESTIONS

Le soir, dans le calme de votre chambre, repassez-vous le film de la journée et demandez-vous, en toute franchise, si vous vous comportez comme une fille amoureuse. Si vous le trouvez drôle et séduisant en toute circonstance, si vous avez tout le temps envie d'être avec lui, s'il n'y a qu'à lui que vous voulez confier votre petit coup de blues, si vous avez rougi quand il vous a fait un compliment, si vous avez pensé à lui en choisissant votre tenue, si vous avez souvent envie de le prendre dans vos bras, si votre ❤️ bat plus fort quand il arrive dans la cour du collège, si vous êtes en colère en le voyant rigoler avec une autre fille, si vous avez l'impression que le temps passe beaucoup plus vite quand vous êtes avec lui... *Aucun doute, les filles, vous êtes AMOUREUSES !*

CONSEIL N° 4 : S'INSPIRER DU CINÉMA

Preuve que le sujet concerne tout le monde, beaucoup de films racontent cette ambiguïté amoureuse entre ados. En premier : *LOL,* évidemment, qui est depuis longtemps mon film préféré. Il est question d'une lycéenne qui s'appelle Lola et qui hésite entre Arthur-le-beau-gosse et Julien-le-meilleur-ami. Je ne vous raconte pas la fin pour ne pas gâcher le plaisir de ceux qui ne l'ont pas vu, mais si vous vous demandez si vous êtes amoureuses de votre meilleur ami, ce film peut vous aider à y voir plus clair ! Il raconte très bien la vie des ados d'aujourd'hui et, comme la plupart de mes copines, je me suis vraiment retrouvée dans le personnage de Lola.

Si vous l'avez déjà vu (ou déjà revu dix fois – comme moi, ha, ha !), d'autres films traitent du même sujet et peuvent vous aider : *Un jour, Sex Friends, Sept ans de réflexion, Sexe entre amis, Le Témoin amoureux*... Et aussi *Le Mariage de mon meilleur ami,* avec Julia Roberts, que j'adore. Ah là là, l'amour !

CONSEIL N° 5 : ACCEPTER DE PRENDRE DES RISQUES

Ça y est, vous êtes certaines d'être amoureuses de votre meilleur ami mais quelque chose vous retient de lui en parler… Vous avez évidemment peur de le perdre comme ami et vous vous demandez si cela en vaut la peine. Oui, c'est vrai, ce risque existe : si ça ne marche pas entre vous, il est possible que cela casse quelque chose et que vous ne redeveniez pas aussi amis qu'avant. Mais vous ne le saurez jamais si vous ne lui dites pas que vous l'aimez. Car je suis persuadée que dans la vie il faut prendre des risques !

« Qui ne tente rien n'a rien »

Moi aussi, j'avais très peur de perdre l'amitié de Maxence en sortant avec lui, et je me rends compte aujourd'hui que j'aurai dû lui avouer mes sentiments plus tôt ! Il a fallu que je le voie avec Priscilla et que j'aie vraiment de la peine pour que j'ose lui dire la vérité. C'est idiot, car si je m'étais lancée avant, je me serais épargné le mal que ça m'a fait de le voir embrasser cette fille-là. **GRRR !**

CONSEIL N° 6 : AVOUER SES SENTIMENTS

Maintenant que vous êtes sûres de vous, il va falloir trouver le courage de le lui dire ! Oui, je sais bien que ce n'est pas facile. Moi, je n'ai d'ailleurs pas osé le lui dire en face. C'est par message que j'ai avoué à Maxence mes sentiments pour lui. Et encore, je n'ai pas écrit « je t'aime », mais « je t'aime bien » parce que j'avais trop peur. **MDR !** Heureusement, il a bien compris ce que je voulais dire par là…

Avant de faire le grand saut, n'oubliez pas qu'il risque d'être surpris, donc ne le brusquez pas. Profitez d'un moment de complicité, jouez sur le petit contact physique ou sur la taquinerie… et laissez votre charme agir ! Et si cela ne se passe pas comme vous voulez, s'il vous dit qu'il n'éprouve pour vous que de l'amitié, ne soyez pas trop tristes. **LOL**, je sais, plus facile à dire qu'à faire. Mais après tout, il est toujours votre ami et c'est aussi une très belle relation ! Profitez de son amitié… et regardez ses copains de plus près ! 👀

AMOUR OU AMITIÉ ?
POUR LE SAVOIR, FAITES LE TEST !

1. VOTRE MEILLEUR AMI PART PENDANT LES DEUX MOIS D'ÉTÉ...

- ■ Vous l'appelez tous les jours pour avoir des nouvelles.
- ▲ Vous lui envoyez un texto par semaine pour ne pas trop le coller.
- ● Vous lui envoyez une photo de la plage pour lui montrer que vous pensez à lui.

2. IL SONNE À VOTRE PORTE PAR SURPRISE...

- ■ Vite, vous troquez vos baskets pour des chaussures à talons.
- ▲ Vous détachez vos cheveux, discrètement.
- ● Vous vous inquiétez pour lui. A-t-il (encore) le cœur brisé ?

3. IL VIENT DÎNER CHEZ VOUS...

- ■ Vous passez toute l'aprem en cuisine et vous faites brûler le plat parce qu'au dernier moment vous avez décidé de vous changer.
- ▲ Vous lui cuisinez son plat préféré.
- ● Vous achetez une pizza surgelée.

4. IL VOUS INVITE À VOIR UN FILM D'ACTION AU CINÉMA...

- ■ Vous acceptez même si vous savez que le film ne va pas vous plaire.
- ▲ Vous négociez avec lui pour qu'il change de film.
- ● Vous lui proposez de le rejoindre après.

5. VOUS PENSEZ À LUI...

- ■ Tout le temps.
- ▲ Plusieurs fois par jour.
- ● Quand vous avez quelque chose à lui dire.

6. QUAND VOUS ÊTES TOUS LES DEUX...

- ■ Vous avez parfois du mal à trouver vos mots.
- ▲ Vous l'écoutez parler, il est tellement marrant.
- ● Vous lui racontez tous vos petits soucis.

7. POUR SON ANNIVERSAIRE, VOUS LUI AVEZ OFFERT...

- ■ Une photo de vous deux dans un joli cadre.
- ▲ Une *playlist* spécialement conçue pour lui.
- ● Des places de concert.

8. IL VOUS PRÉSENTE SA NOUVELLE COPINE...

- ■ Vous la détestez au premier regard.
- ▲ Vous êtes impressionnée par sa beauté.
- ● Vous la trouvez sympa.

9. IL VOUS FAIT UN REPROCHE...

■ Vous êtes inquiète à l'idée de le décevoir.
▲ Vous vous excusez tout de suite.
● Vous lui expliquez votre attitude.

10. POUR VOUS, L'HOMME IDÉAL, C'EST...

■ Quelqu'un d'aussi drôle et attentionné que votre meilleur ami.
▲ Quelqu'un qui lui ressemble mais... en plus sexy !
● Quelqu'un qui s'entend bien avec lui.

MAXIMUM DE ■ : Aucun doute, vous êtes accro ! Plus qu'une chose à faire : prendre votre courage à deux mains et lui avouer vos sentiments.

MAXIMUM DE ▲ : Vous êtes en plein doute. Une partie de vous craque pour lui mais une autre a peur de perdre son meilleur ami. Réfléchissez bien avant de vous lancer.

MAXIMUM DE ● : Entre vous, ça n'est que de l'amitié. Vous l'adorez mais il ne vous fait pas vibrer. Tant mieux ! Profitez à fond de cette relation unique.

Chapitre 2
COMMENT S'INTÉGRER DANS UN GROUPE ?

Coucou Margot !

Ça y est, mes parents ont pris leur décision : l'année prochaine, on déménage à l'autre bout de la France. Ça veut dire une nouvelle maison, une nouvelle ville, mais surtout… un nouveau collège ! Ça me fait complètement paniquer parce que je traîne avec la même bande de copines depuis la primaire, alors je n'ai jamais eu besoin de me faire de nouveaux amis. Et puis, je suis très timide. Quand je dois parler à quelqu'un que je ne connais pas, j'ai du mal à trouver mes mots et même, souvent, je me mets à bafouiller comme une débile. J'angoisse grave à l'idée de ne pas arriver à me faire des potes et de passer toute l'année toute seule.

Dis, Margot, toi qui es si populaire, peux-tu me dire comment faire pour s'intégrer dans un groupe ?

Bisous et j'espère à viiiite !

Louise

Combattre sa timidité est très difficile mais, avec un peu d'efforts, on peut s'en sortir. Et c'est une ex-timide qui vous le dit ! Dans vos lettres, vous parlez souvent de moi comme d'une fille populaire, qui a plein d'amis et qui s'en fait facilement des nouveaux. Ça me touche beaucoup parce que je n'ai pas toujours été comme ça. Loin de là ! Pendant très longtemps, j'ai eu beaucoup de mal à aller vers les gens. Quand je me retrouvais dans une soirée où je ne connaissais pas grand monde, c'était catastrophique : je rougissais, je bafouillais, je disais n'importe quoi... Même ma voix était bizarre : elle partait trop haut dans les aigus comme celle d'une petite fille. MDR, la honte ! J'étais tellement gênée que je restais collée à la pote qui m'avait invitée en priant pour qu'on ne m'adresse pas la parole. Et effectivement, personne ne me parlait ! C'est vrai, qui a envie de parler avec une fille qui fait la tête dans son coin, en évitant de croiser le regard des autres ?

Ces dernières années, j'ai beaucoup changé. Et si j'ai réussi à me décoincer, c'est grâce à vous, mes amours. Quand j'ai commencé à faire des dédicaces, j'étais aussi intimidée que vous. Plus, même ! Je ne savais pas quoi répondre à vos centaines de compliments sur mes livres. J'étais touchée, et même très émue parfois, mais je n'arrivais pas à l'exprimer. Petit à petit, j'ai appris à trouver les mots pour vous témoigner ma reconnaissance. Alors, du fond du ❤️ : MERCI ! Merci pour vos encouragements, vos compliments, votre gentillesse à mon égard. Grâce à vous et à vos messages de soutien, j'ai pris confiance en moi et j'ai arrêté d'être paralysée par la peur du jugement des autres.

Maintenant, face à quelqu'un que je ne connais pas, je souris, je pose des questions et je lui dis un petit truc gentil style « il est joli, ton sac », pour créer une complicité entre nous. Et voici d'autres petites techniques qui permettent de surmonter sa timidité et de mieux profiter de la vie !

CONSEIL N° 1 : PRENDRE LES DEVANTS

Moi aussi, j'ai été « la petite nouvelle » du bahut ! Et moi aussi, ça m'a beaucoup angoissée. À la fin de la troisième, j'étais la seule de mon collège à faire un bac pro ASSP, donc je suis arrivée dans un lycée où je ne connaissais personne. Je me souviens encore du jour de la rentrée et de la boule que j'avais dans la gorge en voyant toutes ces filles stylées qui avaient l'air tellement à l'aise. Comme je vous le disais, à l'époque, j'étais toute timide, alors au début j'ai un peu paniqué… Mais heureusement, j'ai aperçu une fille que je connaissais un peu. Une copine-de-copine-de-copine que j'avais déjà croisée une fois ou deux. Elle m'a reconnue et m'a souri. Alors j'ai souri aussi, j'ai pris mon courage à deux mains et je suis allée vers elle. Elle a été très sympa et m'a présenté ses amies. Je n'ai pas tout de suite fait partie de leur « groupe » parce que, bien sûr, j'ai mis du temps à m'adapter, mais ça m'a permis de ne pas être toute seule dans les couloirs entre les cours. Et ça m'a donné suffisamment d'assurance pour aller vers d'autres personnes, dont certaines sont aujourd'hui mes meilleures amies, comme Charlène, Alicia, Marine...

Par la suite, j'ai compris que si je n'avais pas fait la démarche d'aller vers elle, je serais restée toute seule plus longtemps. Quand ils sont dans une bande, les gens n'ont pas toujours envie d'aller vers les autres : ils sont bien entre eux et n'ont pas besoin de se faire de nouveaux amis. C'est donc à vous, les « petites nouvelles », de prendre les choses en main ! Je sais que ça demande un sacré courage, mais ça en vaut la peine. Alors, le jour de la rentrée, n'espérez pas un signe des populaires-qui-se-la-pètent, celles-là n'ont jamais été sympas avec les nouvelles ! **#LESGARCES !** Repérez plutôt une fille qui a l'air gentil et allez vers elle en disant simplement : *« Salut, je suis nouvelle. Il est comment, le prof* *de français ?* » Et vous verrez que ça n'est pas plus compliqué que ça de faire connaissance !

CONSEIL N° 2 : POSER DES QUESTIONS

Quand on est timide, on se prend beaucoup la tête pour trouver ce qu'on pourrait dire d'intelligent et de drôle à ces gens qui nous impressionnent. Tant qu'on n'a pas trouvé, on est tellement noué à l'intérieur qu'on n'arrive même pas à répondre quand on nous parle. Il n'y a pas longtemps, j'ai compris que dans ces cas-là, le plus simple, c'est de poser des questions aux autres. Comme ça, ce sont eux qui vous parlent ! Et hop, la conversation est engagée...

Puisque vous êtes nouvelles, profitez-en pour poser des questions sur le fonctionnement du lycée, du genre : « *Où est la salle de SVT ?* » Et même si vous savez très bien où est cette salle, demandez quand même ! C'est juste un bon prétexte pour lancer une discussion avec quelqu'un que vous ne connaissez pas et qui, s'il est sympa, vous demandera s'il y avait des salles de SVT dans votre ancien lycée, d'où vous venez, pourquoi vous avez déménagé... et vous vous serez fait un pote sans même vous en être rendu compte ! **#LABASE**

CONSEIL N° 3 : NE PAS JUGER TROP VITE

Avant, j'avais tendance à juger les gens sur leur apparence. À l'époque, une fille mal habillée était une bouffonne... Mais grâce à ma grande copine Charlène, j'ai compris que c'était vraiment bête de penser comme ça. Charlène, elle est arrivée dans mon lycée en première. Au départ, on n'avait rien en commun : c'était un vrai garçon manqué, à peine maquillée, toujours en baskets... Et puis elle venait de la campagne, alors elle avait une façon de parler que je jugeais super ringarde. C'est dingue comme l'apparence est trompeuse, parce qu'en réalité Charlène et moi, on a exactement le même caractère, le même humour, la même façon de voir les choses. Aujourd'hui, on nous appelle « les siamoises » ! Elle est toujours un peu garçon manqué et moi, toujours féminine, mais dans nos cœurs on est comme des sœurs. *Trop d'❤️ pour elle !*

Alors quand vous arriverez dans votre nouveau lycée, ne jugez pas les autres trop vite. Si ça se trouve, derrière ce premier de la classe au look d'intello se cache le garçon le plus drôle du lycée ! Qu'est-ce qu'on en sait, hein ?

CONSEIL N° 4 : FAIRE PREUVE D'AUTODÉRISION

Dans ma bande de potes, on adore se balancer des petites piques. C'est un jeu entre nous et, quand on commence à vanner quelqu'un, ça veut dire qu'il fait partie du groupe, qu'on le connaît suffisamment pour se permettre de faire ça. Beaucoup de bandes de potes fonctionnent comme ça, surtout au lycée. Ce n'est pas toujours facile à comprendre pour les nouveaux, qui peuvent le prendre mal et ne voient pas toujours que c'est juste un moyen de rigoler tous ensemble.

Je crois qu'il est très important de savoir rire de soi. Si vous êtes trop susceptibles pour le supporter (et je peux le comprendre !), essayez quand même de prendre l'initiative de vous moquer de vous-mêmes. Ça amusera tout le monde, ça coupera l'envie aux autres de le faire et, en plus, vous passerez pour des filles super modestes !

CONSEIL N° 5 : RESTER SOI-MÊME

Souvent, on croit que pour se faire des amis il faut leur ressembler sur tout. Parce qu'on veut se faire bien voir, on dit que nous aussi, on a adoré tel film... alors qu'on ne l'a même pas vu, **MDR !** Ne me dites pas que vous ne l'avez jamais fait : je ne vous croirai pas... Tout le monde l'a déjà fait ! Même moi, qui pourtant déteste le mensonge. Je n'en suis pas fière, mais pour ne pas passer pour une débile devant un groupe de filles ultra cool, j'ai raconté que je connaissais à fond un groupe de musique... dont je n'avais jamais entendu parler ! 😂

Sur le coup, on se dit que ce n'est pas très grave, que c'est vraiment un tout petit mensonge, mais en réalité c'est un piège qui se retourne très vite contre nous. De quoi on a l'air quand tout le monde chante une chanson qu'on est censé kiffer... et dont on ne connaît pas les paroles ? La honte, quand j'y repense !

Depuis, j'ai décidé de ne plus tricher sur ce que j'étais et de rester moi-même en toute circonstance. Aujourd'hui, quand on me parle d'un groupe d'électro, j'assume de ne pas connaître et je dis clairement que je n'aime pas ce style de musique. Et jamais quelqu'un ne m'a dit qu'on ne pouvait pas être potes parce qu'on n'avait pas les mêmes goûts musicaux ! *Alors, assumez-vous, avec vos différences et votre personnalité*, car c'est comme ça qu'on vous aimera : pour ce que vous êtes vraiment !

CONSEIL N° 6 : SOURIRE

Ça n'a l'air de rien, mais ça change tout ! Personne n'a envie d'aller vers quelqu'un qui fait la tronche. Alors qu'une fille souriante donne tout de suite une image d'ouverture et de gentillesse. Et puis, ça oblige les autres à vous sourire en retour et c'est presque le début d'une amitié, non ?

AVEC MOI, NE SOYEZ JAMAIS TIMIDES !

Juste une dernière chose sur la timidité. Très souvent, quand je vous croise dans la rue, vous me regardez sans oser m'aborder. Je vous vois pousser du coude votre copine, lui chuchoter « Regarde ! C'est Margot ! » et tenter de prendre une photo en faisant semblant d'envoyer un texto... **#PASDISCRÈTE** 😂

Quand je vous souris, vous tournez la tête et je sais que c'est la timidité qui vous empêche de venir me parler.
Alors, je vous le dis : ne soyez jamais timides avec moi ! Je suis toujours très contente de vous rencontrer et de discuter avec vous. Vos compliments sur mes livres me touchent énormément. Et ne croyez pas que vous allez m'ennuyer en me racontant vos problèmes et en me demandant des conseils. Au contraire, c'est une grande fierté pour moi de pouvoir vous aider. Et je serai toujours là pour vous. Vous m'avez donné tellement de joie en aimant mes livres et en me laissant tous ces gentils messages qu'il me paraît normal de prendre du temps pour vous.

Je sais que beaucoup de personnes changent en devenant célèbres. J'en ai connu, des filles qui ne vous disent plus bonjour depuis qu'elles sont en photo dans les magazines. Mais je vous promets que ça ne sera jamais le cas pour moi. Je serai toujours votre Margot, celle qui a commencé en racontant sa petite vie sur son blog, et je ne deviendrai jamais une prétentieuse comme tant d'autres. Tout simplement parce que ça n'est pas moi ! J'ai toujours été une fille ouverte, polie et gentille. Un peu timide aussi par le passé, mais jamais froide, distante ni arrogante. De toute façon, si je commençais à prendre la grosse tête, ma famille, mes amies et Maxence me feraient vite redescendre sur terre !

Pour finir, une petite demande perso : je suis toujours partante pour faire une photo avec vous. Mais s'il vous plaît, laissez-moi juste le temps de me recoiffer pour ne pas avoir l'air affreuse sur la photo que vous mettrez sur Instagram. J'ai toujours été coquette et ça, ça ne risque pas de changer ! 😂

Chapitre 3
LES PARENTS DIVORCENT

Salut Margot !

D'abord, félicitations pour tes livres ! Je les ai adorés ! Et en plus, toi et moi, on a plein de points communs : moi aussi, je suis tombée amoureuse de mon meilleur ami, qui est aussi… mon voisin ! C'est dingue, quand même !!!

La grande différence, c'est que moi, mes parents ont divorcé. Tu as bien de la chance que tes parents soient encore ensemble parce que c'est un moment super dur à vivre. L'année dernière, ils n'ont fait que se disputer, ils criaient tout le temps, c'était l'horreur. En plus, c'était souvent à cause de moi. Dès que je ramenais une mauvaise note, ma mère disait à mon père que c'était sa faute, parce qu'il n'était pas beaucoup à la maison à cette période. Ça me faisait tellement pleurer de les voir se crier dessus à cause de moi !

Maintenant, je vis chez ma mère et je vais chez mon père un week-end sur deux. Ça ne se passe pas très bien avec lui parce que je lui en veux d'avoir laissé tomber ma mère, et si je suis sympa avec lui, j'ai l'impression de la trahir. En même temps, je vois que ça lui fait de la peine et je m'en veux encore plus parce que je l'aime, mon père...

Bon allez, faut que je te laisse ! J'espère que tu auras le temps de répondre... Je te souhaite tout le meilleur !!

Plein de bisous, Margot !!

Élise

C'est vrai que ce sujet ne me concerne pas directement. Mes parents sont toujours ensemble et, même s'ils se disputent de temps en temps (surtout quand ils sont fatigués !), il n'a jamais été question de séparation. Et je croise les doigts parce que j'ai eu plein de copines à qui c'est arrivé et, franchement, elles en ont bien bavé ! La première fois que l'une d'entre elles m'a appelée pour m'annoncer ça, j'étais tellement sous le choc que je ne savais pas du tout quoi lui dire. Je connaissais très bien ses parents, je ne les avais jamais vus se disputer et je ne savais pas que ça allait mal entre eux. J'ai eu l'impression qu'il n'y avait rien à dire, alors je n'ai rien dit… et j'ai juste écouté ma copine me raconter ce qu'elle vivait. Après tout, les copines, ça sert aussi à ça, non ?

Par la suite, j'ai eu tellement de copines qui ont dû faire face au divorce de leurs parents que j'ai compris qu'il y avait des petites phrases qui aident beaucoup dans cette situation-là. Bien sûr, ce n'est pas ce qui va faire que vos parents se remettront ensemble et ça ne « règle » rien, mais ça peut permettre de prendre du recul, de mieux comprendre ce qu'il se passe et, surtout, de réaliser qu'il y a toujours quelque chose de positif à tirer des moments les plus difficiles. J'espère que ces quelques conseils vous aideront à traverser cette sale période et à retrouver une bonne relation avec vos parents. Et s'ils sont toujours ensemble, ce chapitre vous aidera peut-être à devenir la copine parfaite pour celle qui aura besoin de vous !

CONSEIL N° 1 : ARRÊTER DE CULPABILISER

Dans vos messages et vos lettres, ce qui m'a frappée, c'est que vous dites toujours que c'est votre faute si vos parents se disputent. Moi, en les lisant, j'ai plutôt eu l'impression que vos parents se servaient de vous pour trouver un nouveau prétexte de dispute ! En réalité, ils ont beaucoup d'autres sujets de désaccord, mais vous y faites moins attention qu'à ceux qui vous concernent et ça, c'est normal. D'ailleurs, toutes mes copines m'ont dit qu'elles se sentaient coupables du divorce de leurs parents. Même quand ça n'avait aucun (mais AUCUN !) rapport avec elles. Mettez-le-vous bien dans la tête : les enfants ne sont jamais responsables des problèmes de couple de leurs parents ! Ces derniers ont leur vie privée, leurs histoires, leurs disputes, et tout ça n'a rien à voir avec vous.
Alors, prenez une feuille, écrivez en gros « CE N'EST PAS MA FAUTE », relisez cette phrase tous les matins et répétez-la-vous sur le chemin du collège ! Et

croyez-moi, au bout de quelques jours, vous vous sentirez déjà mieux !

CONSEIL N° 2 : NE PAS PRENDRE PARTI

La copine dont je vous parlais a longtemps été persuadée que c'était la faute de sa mère si leur père était parti vivre dans un autre appartement. Elle me répétait tout le temps que sa mère était invivable, qu'elle râlait en permanence, bref, qu'elle comprenait grave pourquoi son père l'avait quittée ! Du coup, elle a commencé à devenir méchante avec sa mère. Elle lui faisait tout le temps des reproches, et c'était dur pour sa mère, qui devait gérer le divorce... et se prendre les critiques de sa fille en pleine tête ! À un moment, j'ai dit franchement à ma copine qu'elle exagérait, que peut-être que si sa mère était relou, c'était à cause de l'attitude de son père, justement ! Ça, ça l'a scotchée ! Au début, elle l'a carrément mal pris, mais plus tard dans la soirée elle m'a appelée et on a beaucoup discuté.
On a parlé du fait qu'en réalité elle ne connaissait pas les vraies raisons du divorce. Et je crois que c'est toujours comme ça. Quand un couple se sépare (et quel que soit l'âge !), personne ne sait jamais vraiment ce qui s'est passé entre eux. On peut imaginer, interpréter,

mais en fait on n'en sait rien car on n'est pas dans leur intimité ! Alors, ne prenez pas parti pour l'un ou l'autre. Puisque vous ne connaissez pas les détails de l'histoire, pourquoi faire de la peine à vos parents pour rien ?

CONSEIL N° 3 : EN PROFITER POUR CULTIVER LES TÊTE-À-TÊTE

Ce qui est sûr, c'est qu'avec toute cette histoire ma copine s'est beaucoup rapprochée de son père. Depuis qu'elle va chez lui un week-end sur deux, ils font plein de trucs ensemble. Beaucoup plus qu'ils n'en n'avaient jamais fait avant ! Ils vont au ciné, au resto, à la patinoire... Du coup, ils se parlent plus qu'avant et ça, c'est une bonne chose.

Alors, profitez à fond de ces moments en tête à tête. Et même, provoquez-les en proposant à votre père ou votre mère une sortie à deux. Et choisissez une activité qui vous fait vraiment plaisir pour que ce week-end qui vous déprime devienne un moment sympa, voire exceptionnel. Parce qu'en vrai ce n'est pas tous les jours qu'on se retrouve au resto en tête à tête avec son père ou sa mère. Et qu'on l'a, pour une fois, pour nous toutes seules !

CONSEIL N° 4 : DONNER SON AVIS SUR L'ORGANISATION

Quand les parents divorcés parlent entre eux de l'organisation des week-ends, on a souvent l'impression d'être un paquet qu'on trimbale de droite à gauche. Ne me dites pas le contraire, toutes mes copines ont eu ce sentiment désagréable et même carrément flippant ! Pour éviter ça, il n'y a qu'une seule solution : *dire les choses franchement*. Vous ne voulez pas aller chez votre père ce week-end parce que samedi soir c'est la fête d'anniversaire de votre meilleure amie ? *Dites-le !* Vous n'aimez pas quand votre mère vous dépose chez votre père sans même monter lui dire bonjour ? *Dites-le !* Vous en avez marre de la « semaine sur deux » parce que vous avez trop de mal à vous organiser avec les livres de cours qu'il faut emmener au lycée ? *Dites-le !*

Ça ne fera pas forcément plaisir à vos parents, ça risque même de leur compliquer la vie, mais ce n'est pas votre problème ! Les parents, ils disent toujours qu'ils ne veulent « que notre bien »... alors, dites-leur ce qui vous paraît bien, justement. Dites ce qui vous ferait plaisir ou vous simplifierait la vie au quotidien. C'est quand même le moyen le plus simple d'y arriver, non ?

CONSEIL N° 5 : LIRE « CE N'EST PAS LA FIN DU MONDE », DE JUDY BLUME

J'ai adoré ce livre ! C'est l'histoire d'une fille dont les parents divorcent et qui raconte sa vie au quotidien. Le livre, c'est son journal intime : on a l'impression d'être vraiment avec elle, de ressentir ce qu'elle vit. À la maison, mais aussi au collège, avec les copines, les mecs... C'est la bibliothécaire de mon collège qui l'avait conseillé à une copine dont les parents divorçaient et, au final, toutes mes copines l'ont lu parce que l'histoire est juste trop bien !

CONSEIL N° 6 : NE PAS JOUER LES MESSAGERS ENTRE SES PARENTS

J'ai remarqué un truc avec mes copines dont les parents ont divorcé : elles reçoivent tout le temps des messages de leur père du genre « Tu diras à ta mère... » (ou l'inverse !). Chaque fois, c'est pareil : la copine se met à stresser à fond parce qu'elle sait que sa mère ne va pas apprécier ce que son père a à lui dire... et c'est sur ma copine que ça va retomber ! À force de les voir se prendre la tête avec ça, j'ai fini par leur dire ce que j'en pensais. Vous me connaissez, je ne peux pas m'en empêcher !

Je crois vraiment que ce n'est pas aux enfants de faire passer des messages entre les parents. Qu'ils se débrouillent tout seuls ! Même si ce n'est pas facile, je crois qu'il faut refuser de le faire. Et dire tout simplement : *« Je préfère que tu appelles maman/papa pour le lui dire directement. »* Faites ce que vous voulez, bien sûr, mais c'est mon avis !

CONSEIL N° 7 : CONTINUER À CROIRE EN L'AMOUR !

Une dernière chose : ce n'est pas parce que vos parents ont divorcé qu'il faut forcément imaginer que TOUTES les histoires d'amour se terminent mal ! C'est faux, et en plus ça fait de la peine de penser ça. Souvent, les gens se séparent parce qu'ils ont laissé des situations de conflit s'installer, qu'ils n'ont pas dit les choses franchement. Alors, ne faites pas cette erreur et, j'en suis sûre, tout se passera bien pour vous.

Un jour, vous rencontrerez un mec bien, il vous fera une demande en mariage trop romantique et vous aurez plein de bébés ! *Le vrai amour existe* et il peut même durer toute la vie, si chacun y met du sien. Je ne dis pas que c'est facile, mais quand je vois comment ma relation avec Maxence a évolué ces dernières années et qu'on se parle beaucoup plus maintenant, je me dis que tout est possible... même l'amour pour toute la vie !

🎥 7 FILMS QUI PARLENT DU DIVORCE 🍿 (ET QUI REDONNENT LE SOURIRE !)

1. LOL

(Oui, je sais… encore !
Mais c'est VRAIMENT mon film préféré !)

2. UNE SEMAINE SUR DEUX (ET LA MOITIÉ DES VACANCES SCOLAIRES)

3. THE LAST SONG

4. PAPA OU MAMAN (1 ET 2)

5. TOUT POUR ÊTRE HEUREUX

6. LES PAPAS DU DIMANCHE

7. C'EST QUOI CETTE FAMILLE ?!

Chapitre 4

EN FINIR AVEC SES COMPLEXES

Salut Margot !

Je te suis sur les réseaux sociaux depuis un an et je t'ai déjà rencontrée, quand tu es venue en dédicaces dans ma ville. Tu as été très sympa, mais ce qui m'a impressionnée, c'est que tu es aussi belle en vrai que sur internet ! Je regarde souvent ton compte Instagram et je te trouve toujours mignonne et stylée. C'est pas comme moi, qui suis toujours moche sur les photos !

Le problème, c'est que je suis trop grosse. Alors, que ce soit dans la vie ou sur les photos, ça se voit que je suis toute boudinée dans mon jean... Je sais que c'est bizarre, mais j'ai l'impression que les gens ne voient que ça chez moi : ces kilos en trop. Que même si j'étais super intelligente et super marrante, je serais toujours « la grosse ». Le pire, c'est que j'ai perdu du poids cette année (une taille !) et pourtant, je me sens toujours aussi mal.

Dis, Margot, qu'est-ce que je peux faire pour être moins complexée ?

Nora

Moi, c'est le nez. Sans blague, je suis hyper complexée par mon nez ! Il est trop long, trop gros, trop voyant... Dans vos messages, vous me dites souvent que vous me trouvez jolie, et vous me faites plein de compliments sur mes selfies sur Instagram. Ça me touche énormément parce que moi, la première chose que je vois sur les photos... c'est mon nez !
Vous allez me dire que ce n'est pas un gros complexe, mais je ne suis pas d'accord : le nez, on l'a en plein milieu de la figure ! C'est beaucoup plus difficile à cacher que les fesses... En s'habillant bien, en trouvant la bonne longueur de cheveux, on peut camoufler plein de petites choses... mais pas le nez !

Je m'arrête là parce que je pourrais vous en parler pendant des heures... À une époque, j'y pensais tout le temps et ça m'a vraiment pourri la vie, mais maintenant j'essaie d'arrêter de me prendre la tête avec ça. C'est grâce à Maxence, surtout. Faut dire que je l'ai rendu fou avec mon nez ! Il n'en pouvait plus, le pauvre. Au début, dès qu'il postait une photo de nous sur les réseaux, je me trouvais moche dessus. Ça l'énervait parce que lui, il pensait me faire plaisir... *Mais grâce à l'amour de Maxence, à ses jolis compliments (et aussi grâce aux vôtres !),*

j'ai pris confiance en moi. Et maintenant, j'adore prendre des photos, les poster, les envoyer aux copines... Je fais des têtes débiles, je ne suis pas toujours maquillée mais c'est pas grave, c'est pour s'amuser, se rappeler les bons moments. Ce qui m'a aidée aussi, c'est d'avoir participé à des shootings photo professionnels. J'y ai appris beaucoup de choses sur la façon de se tenir, de poser, de jouer avec la lumière... C'est tout un art, de réussir une photo !
Tout ça pour vous dire que les complexes, je connais. Et que je connais aussi quelques trucs pour arrêter de ne penser qu'à ça.

CONSEIL N° 1 : ARRÊTER DE CROIRE QUE TOUT LE MONDE VOUS REGARDE

Je me rends compte aujourd'hui que, finalement, très peu de gens m'ont parlé de mon nez ou m'ont dit qu'il ressortait sur les photos. En fait, c'est surtout moi qui en parlais tout le temps ! À force, c'était moi qui attirais l'attention sur ce que, justement, je ne voulais pas que les gens remarquent... Ce qu'on peut être débiles, parfois ! Au bout du compte, c'est devenu une blague habituelle pour mes potes parce qu'ils savaient que j'allais partir au quart de tour s'ils me parlaient de ça. Comme j'étais très *(très !)* sensible sur le sujet, c'était facile de me faire péter les plombs !

Alors, n'oubliez pas une chose : personne ne vous regarde avec autant d'attention que vous-mêmes. Les gens vous voient entières, ils ne font pas de gros plans sur vos défauts. Pour vous, un bouton est forcément énorme, alors que pour les autres c'est un détail. Un garçon ne le remarquera peut-être même pas... À moins qu'en cherchant à cacher votre bouton vous preniez des poses très bizarres, genre *« je garde tout le temps ma main sur ma joue comme si j'avais mal aux dents »*. Parce que c'est justement ça qui attire l'attention sur ce foutu bouton !

CONSEIL N° 2 : SE COMPORTER COMME SI ON SE TROUVAIT JOLIE

On connaît tous des filles super banales mais qui ont un succès de dingue avec les mecs. Elles m'ont toujours épatée, ces filles-là. Elles dégagent un truc particulier. Comme si elles étaient tellement persuadées d'être canon qu'elles arrivaient à convaincre les autres que c'est vrai.

Elles ont compris une chose très importante : la beauté est moins une question de kilos que d'attitude. Vous le savez bien, c'est quand on se trouve jolie (quand on sort de chez le coiffeur par exemple), qu'on est toute contente et qu'on a le pas léger qu'un garçon nous sourit dans la rue. Ça n'arrive jamais quand on fait la tronche et qu'on se trouve moche, n'est-ce pas ?

Eh bien moi, je crois que ces filles-là, elles ne se trouvent pas spécialement belles mais qu'elles se forcent à faire « comme si ». Même quand elles ont le cafard, elles lèvent la tête, sourient et regardent droit devant comme si le monde n'attendait qu'elles... Et il faut croire que ça marche !

CONSEIL N° 3 : LISTER SES QUALITÉS

Quand on n'a pas le moral, on fait dans sa tête de longues, très longues listes de tout ce qu'on n'aime pas chez nous. On se regarde dans le miroir et on zoome sur ce qui nous déplaît. Alors, juste pour changer, pourquoi ne pas faire l'inverse ? On prend une feuille et on écrit en détail toutes nos qualités. Eh oui, il y en a ! Cherchez bien ! On arrête de penser à son nez (c'est juste un exemple !) et on regarde ses yeux, ses cheveux, ses jambes... Et on note tout ce qui nous plaît... ou en tout cas tout ce qu'on ne déteste pas ! Après le physique, on passe au caractère, et là, pareil : on liste tout ce qui fait de nous quelqu'un de bien.

Dis comme ça, ça a l'air bête, mais faites-moi confiance : je vous promets que ça remonte grave le moral !

CONSEIL N° 4 : ARRÊTER DE SE COMPARER AUX INSTAGIRLS

Moi aussi, j'adore regarder les comptes Insta des actrices ou des mannequins. Ça m'amuse, ça me fait rêver, mais au bout d'un moment ça me déprime. Parce que les filles sont toutes tellement parfaites ! Leurs mèches tombent toujours nickel, leur mascara

ne laisse pas de traces, leurs jambes paraissent toujours immenses...
Depuis que j'ai fait des séances photo pour des magazines, j'ai compris que cette perfection n'est pas naturelle. Qu'elle est le résultat de plusieurs heures de travail avec des professionnels (maquilleur, coiffeur, styliste...) mais aussi de toute une recherche sur la lumière, le cadre, la pose... J'adore faire des photos et me faire chouchouter par ces magiciens qui te transforment en beauté fatale à coups de brushing et d'eye-liner. Par contre, je n'ai jamais réussi à refaire les super coiffures dans ma salle de bains !

Alors, ne vous imaginez pas que les bombes qu'on voit sur Instagram sont comme ça dans la vraie vie. Ça prend du temps, de réussir une photo. Et si elle est ratée, on peut toujours mettre un filtre qui donne bonne mine, et le tour est joué !

CONSEIL N° 5 : TROUVER SON STYLE

Je vais être cash mais j'ai promis d'être sincère avec vous, alors je me lance : les jupes courtes et les leggings, ça ne va pas à tout le monde ! Quand on est ronde, ça ne sert à rien de forcer son corps à entrer dans des vêtements trop serrés. Parce que ça nous fait paraître encore plus rondes, justement ! Le style, ça n'est pas suivre la mode sans réfléchir. Au contraire, c'est savoir masquer discrètement ses défauts et mettre en valeur ses atouts. Par exemple, en mettant l'accent sur son joli visage avec un rouge à lèvres brillant… et en cachant ses cuisses grâce à un pantalon fluide et des talons qui allongent la silhouette.

Je ne sais pas si vous êtes comme moi, mais j'avoue, j'adore les émissions de relooking à la télé. C'est dingue de voir qu'au début les filles ne ressemblent pas à grand-chose et qu'avec un jean bien adapté à leur morphologie et un petit haut sexy juste-ce-qu'il-faut elles deviennent super mignonnes ! On apprend plein de choses dans ces émissions : comment choisir les couleurs qui illuminent le teint, les coupes de pantalon qui affinent, les matières qui mettent en valeur les petites poitrines… Surtout, on comprend que ce qui nous rend belles, ce n'est pas forcément la tenue qu'on voit dans les magazines… mais celle qui nous plaît à nous ! Au fond, que vous soyez *girly* ou garçon manqué, classique ou ultra coloré, sportswear ou baba cool, l'essentiel est de trouver le style qui vous ressemble, à vous et à personne d'autre !

CONSEIL N° 6 : EN PARLER AVEC SES COPINES

Faites le test : demandez à la plus jolie fille du lycée ce qu'elle n'aime pas chez elle, et vous verrez qu'elle est au moins aussi complexée que vous ! Vous serez surprises d'entendre qu'elle ne supporte pas ses cheveux (que pourtant vous jalousez !), ses mains aux ongles rongés (que vous n'aviez même pas remarqués !), ses joues rebondies (que vous trouvez trop mignonnes !)... Tout le monde a son petit complexe (je vous reparle de mon nez ?). Et ça fait un bien fou de s'en rendre compte. D'autant qu'au passage vous apprendrez sans doute que cette fille dont vous enviez la minceur donnerait tout pour avoir... des yeux aussi bleus que les vôtres ! *Et ça, ça met trop de bonne humeur !*

10 TRUCS POUR ÊTRE AU TOP SUR INSTAGRAM

Grâce aux photos que j'ai faites pour des magazines, j'ai appris quelques astuces pour être à son avantage. Conseils de pro !

1. FIXER UN POINT AU LOIN

(Si on regarde droit vers l'objectif, ça fait photo d'identité.)

2. CHOISIR SON MEILLEUR PROFIL

(Pour le trouver, on s'entraîne devant le miroir !)

3. SOURIRE

(C'est quand même mieux que faire la tête !)

4. NE PAS BOUGER

(Poser, quoi !)

5. SE METTRE DE TROIS QUARTS
(Ça affine la silhouette.)

6. LEVER LE MENTON
(Mais pas trop non plus –
juste comme une danseuse.)

7. OUBLIER LA DUCK FACE
(C'est juste moche !)

8. PRENDRE LA LUMIÈRE DE BIAIS
(Si on l'a en face, on plisse le visage.)

9. FAIRE QUELQUE CHOSE DE SES MAINS
(Les mettre sur sa taille, dans ses poches,
dans ses cheveux : tout, sauf les bras
qui pendouillent le long du corps.)

10. SE DIRE QU'ON EST JOLIE
(Et ça fait toute la différence !)

Chapitre 5

FAIRE FACE AU HARCÈLEMENT

Coucou Margot,

Je n'avais jamais écrit à une « star » avant mais là, j'ai trop besoin de parler à quelqu'un. Depuis que je me suis disputée avec ma meilleure amie, tout est devenu compliqué au collège. Maintenant, elle traîne avec un autre groupe de filles. Des filles qu'on n'a jamais aimées, en plus !

Résultat, je me retrouve toute seule et les autres, elles sont bien contentes de me le faire sentir. Dès que j'arrive, elles s'arrêtent de parler. Si je dis quelque chose, elles me disent de me taire ou elles rigolent de moi. Et puis elles ont écrit plein de trucs sur ma page Facebook, que j'étais une « victime », une « boloss »...

Dis, Margot, comment faire pour que ça s'arrête ?

Plein de bisous !

Jess'

Avant toute chose, je voudrais vous remercier pour votre confiance. Je sais qu'il est très difficile d'avouer qu'on est victime de harcèlement. On a déjà tellement honte d'être dans cette situation... Alors bravo pour votre courage, vous qui avez couché sur papier votre histoire, votre tristesse et votre colère ! Et merci de m'avoir choisie pour « confidente ».
Certains de vos messages m'ont fait pleurer. D'autres m'ont rappelé mes années collège et toutes ces « prises de tête » entre filles qui occupaient nos conversations. À l'époque, je prenais ça très à cœur alors qu'aujourd'hui je me rends compte que c'est vraiment immature.

Vous parlez aussi des *haters*, et c'est un sujet qui me touche particulièrement parce que j'ai moi aussi été « harcelée » sur internet l'année dernière. Dès le départ, mon histoire avec Maxence a créé beaucoup de jalousie et maintenant qu'il est connu (et moi aussi !), c'est encore pire ! Des gens qui ne me connaissent même pas se sont un jour mis à pourrir mon mur Twitter de messages violents, insultants. Ça m'a profondément blessée. Et j'ai essayé d'en tirer des leçons, que j'aimerais partager avec vous.

CONSEIL N° 1 : NE PAS RÉPONDRE AUX HATERS

Tout est parti d'une fille. Je l'avais vue une fois ou deux, et même si elle était tout sourires devant moi, je m'en méfiais parce qu'elle tournait tout le temps autour de Maxence et que des amies à moi m'avaient dit qu'elle me critiquait derrière mon dos. Un soir, j'étais chez moi, sur mon téléphone, quand j'ai commencé à recevoir une avalanche de messages sur Facebook et Twitter. J'ai lu le premier, qui était signé de la fille en question, et qui m'insultait carrément. Je ne veux même pas dire les mots exacts tellement c'était grossier, mais en résumé elle se demandait comment Maxence pouvait être avec quelqu'un comme moi. Les dizaines de messages qui suivaient, d'autres personnes, étaient du même genre, et ça ne s'arrêtait plus ! En l'espace d'une soirée, j'en ai reçu des centaines et même des milliers !
Au début, j'ai répondu. J'étais en colère, alors moi aussi, je les ai traités de tous les noms. *Ce sont des lâches*, qui profitent d'être cachés derrière leur téléphone pour balancer des méchancetés sur les gens, et c'est trop facile, ça ! Mais ça a été encore pire. Chaque message que j'envoyais en déclenchait des dizaines d'autres, plus violents encore. C'était un

véritable déferlement de haine. Comme si, d'un coup, le monde entier se retournait contre moi.
Trois heures plus tard, j'étais dans un état de nerfs incroyable. Je ne me reconnaissais plus. Je ne suis pas quelqu'un de méchant, je n'emploie pas de mots vulgaires normalement, mais là je m'énervais contre des gens que je ne connaissais même pas ! Ça devenait du délire, alors j'ai décidé d'éteindre mon téléphone, de tout couper.

Grâce à cette histoire que j'ai très mal vécue, j'ai compris une chose : face à la haine sur internet, la seule réponse à adopter, c'est le silence. Le silence absolu. Comme je dis souvent : *« On ne répond aux imbéciles que par le silence. »* Ces gens qui vous critiquent sans vous connaître, qui répandent des rumeurs totalement fausses pour vous faire du mal, ne méritent pas qu'on s'intéresse à eux. Il faut vraiment qu'ils n'aient rien d'autre à faire de leur vie pour perdre une soirée à écrire des méchancetés sur quelqu'un qu'ils ne connaissent même pas, non ? Alors, pourquoi perdre du temps et de l'énergie à leur répondre ? Vous, vous avez une vie, des amis à voir, des choses à faire, alors éteignez vos téléphones et profitez de la vraie vie ! Parce que c'est celle-là qui compte, pas vrai ?

CONSEIL N° 2 : EN PARLER À UN ADULTE

Ce que j'ai compris, aussi, c'est qu'il est impossible de se sortir seul d'une situation de harcèlement. Parce que ça prend tellement la tête qu'on n'arrive même plus à penser ! Moi, ce sont mes sœurs (mes deux grandes sœurs que j'aime tellement !) qui m'ont aidée à comprendre que ça ne servait à rien de répondre à tous ces messages. Maëva a 25 ans et Marine, 28 ans. Elles sont toujours là pour m'aider et me conseiller. **TROP D'❤️ POUR MES SISTAS !**

Mais quand cela se passe au collège, les adultes ne s'en rendent pas toujours compte. Alors, il faut en parler. Sœur, frère, parents, tante, marraine... n'importe qui pourvu que ce soit quelqu'un de plus âgé en qui vous avez confiance. Il faut que ce soit un adulte parce que ce n'est pas une copine qui peut décider de vous changer d'école, par exemple. Ça peut être un prof, aussi. Surtout, n'ayez pas peur qu'il en parle en classe et qu'il vous fasse passer pour une balance auprès des autres : les profs ont l'habitude de ces situations, ils savent les gérer et faire attention. Si vous vous sentez vraiment trop seules, n'hésitez pas à appeler Non au harcèlement en faisant le 3020. Je sais que le simple fait d'en parler est un soulagement.

CONSEIL N° 3 : CASSER LA LOGIQUE DE GROUPE

C'est dingue ce que les gens peuvent être différents quand ils sont en groupe. Une fille très gentille peut devenir une sacrée peste quand elle est avec sa bande de copines. C'est injuste mais c'est très répandu, et ça s'appelle la « logique de groupe ». Pour en sortir, il faut déjà pouvoir se parler seule à seule. Ou au moins par message, vu qu'au collège on n'a pas beaucoup d'occasions de se parler en tête à tête.

Dites-lui ce que vous avez sur le cœur. Que vous avez de la peine, que vous ressentez de la colère, mais surtout qu'elle vous a déçue, que vous n'auriez pas cru qu'elle était capable d'être si méchante. Je pense que lui renvoyer cette image négative d'elle-même peut agir comme un électrochoc et l'aider à prendre conscience de ses erreurs.

CONSEIL N° 4 : S'APPUYER SUR SES VRAIES AMIES

Quand toutes nos amies de collège se retournent contre nous, on a l'impression d'être seule au monde. Mais réfléchissez bien : il y a forcément une cousine, une copine de vacances, de la primaire ou du club de gym sur qui vous pouvez compter. Même une seule, c'est déjà génial ! De toute façon, dans la vie, les vraies amies se comptent sur les doigts de la main… même quand on a dix mille « amis » sur Facebook ! Alors, reprenez contact avec vos anciennes copines, celles que vous avez (un peu) laissé tomber en arrivant au collège et qui vous aiment vraiment, elles. Et vous retrouverez suffisamment confiance en vous pour envoyer balader les fausses bonnes copines ! #ALLEZFUCKLESFAUSSESCOPINES

CONSEIL N° 5 : FAIRE DU SPORT

Ça, c'est un conseil spécial pour les garçons et il vient de Maxence. Vous ne le savez peut-être pas, mais Maxence a été harcelé quand il était au collège. À cause d'une embrouille avec une fille, tous les gars de Rouen – la ville où on a tous les deux grandi – avaient juré de lui casser la figure. Moi, j'avais très peur pour lui. Mais Maxence était très calme, presque serein.

Il m'a expliqué que le fait d'aller souvent à la salle de sport lui avait donné confiance en lui, en sa force intérieure. Quand on le regardait de travers dans la rue, il fixait l'autre franchement. Et j'ai remarqué que le simple fait de montrer qu'il ne craignait pas la confrontation faisait tout de suite baisser la pression.

CONSEIL N° 6 : S'INSPIRER DE SES IDOLES

Bien sûr, vous connaissez EnjoyPhoenix, la Youtubeuse aux millions d'abonnés. Comme moi, vous admirez son élégance et sa beauté ? Eh bien, regardez la vidéo dans laquelle elle raconte comment elle a été harcelée au lycée par ses ex-amies. Elle y dit tout, avec beaucoup de sincérité et sans cacher les moments les plus difficiles. Son témoignage m'a beaucoup touchée et je crois qu'il peut aider toutes celles et tous ceux qui vivent la même situation.

Lorsque l'on est harcelé, on a l'impression d'être tellement nul que quelque part on croit le mériter. Alors, ça rassure de savoir que cela peut arriver à tout le monde, même aux gens connus – et même à quelqu'un qui a autant de charisme qu'EnjoyPhoenix ! Son histoire prouve aussi que ce n'est pas parce que l'on a souffert à l'adolescence que ce sera toujours comme ça. On peut parfaitement avoir été une victime au collège et avoir, plus tard, autant de succès qu'EnjoyPhoenix !

CONSEIL N° 7 : LIRE « MARION, 13 ANS POUR TOUJOURS », DE NORA FRAISSE

Je préfère vous prévenir, c'est un livre très dur. Mais il m'a bouleversée et j'espère qu'il vous donnera la force de sortir du harcèlement. Je l'ai acheté après avoir vu l'auteure à la télé. Sa fille de 13 ans s'est suicidée après avoir longtemps subi des insultes et des humiliations au collège, parfois en plein cours. Ce qui est dingue avec ce livre, c'est qu'il raconte très bien la vie au collège, les petites vexations et les grandes blessures qu'on peut y vivre. J'ai beaucoup pleuré en le lisant, mais je pense qu'on devrait tous le lire pour comprendre comment s'installe le harcèlement et, surtout, comment on peut s'en sortir avant qu'il soit trop tard.

QUAND ON DEVIENT UNE HARCELEUSE (SANS LE SAVOIR)...

Avant de refermer ce chapitre sur le harcèlement, j'aimerais vous raconter une histoire personnelle. Puisque vous m'avez fait confiance, je dois être franche avec vous. Même si je ne suis pas fière de ce que j'ai fait...

Quand j'étais au collège, avec ma bande de copines, on avait pris l'habitude de se moquer d'une fille de notre classe. Ça n'était pas méchant. Juste des petites remarques comme ça, pour rigoler, parce qu'elle s'habillait vraiment n'importe comment... C'était comme un jeu entre nous, à qui trouverait la façon la plus drôle de décrire ses gros pulls. Honnêtement, je ne pensais pas que ça pouvait la blesser. Elle ne nous parlait jamais, donc je pensais qu'elle ne s'en rendait même pas compte.
Et puis, un jour, elle n'est plus venue au collège. Et j'ai été convoquée par notre prof principal, qui m'a dit qu'on avait fait tellement de peine à cette fille qu'elle préférait arrêter l'école plutôt que de supporter un jour de plus nos remarques méchantes. Là,

sous le choc, j'ai réalisé ce que j'avais fait. Et j'ai eu honte d'avoir été aussi cruelle, aussi insensible. Moi qui suis fière d'être une bonne copine, une fille qui a le cœur sur la main et sur qui on peut compter, je m'étais comportée comme la pire des pestes. Je me suis vraiment sentie mal.

Tout de suite après, je suis allée voir mes copines et je leur ai dit qu'on ne pouvait plus continuer comme ça parce que, avec nos blagues de merde, on avait peut-être détruit quelqu'un. J'ai été tellement soulagée de voir cette fille revenir au collège que je suis tout de suite allée la voir pour lui présenter mes excuses, même si le mal était fait. Je l'ai fait devant tout le monde pour que toute la classe sache qu'à partir de ce moment j'allais la protéger. Au début, certaines de mes copines ont continué à se moquer d'elle, mais comme chaque fois je m'énervais elles ont fini par ne plus trouver ça drôle...

Une fois que tout est rentré dans l'ordre, j'ai essayé d'oublier cette histoire parce que, franchement, j'ai toujours un peu honte de mon attitude quand j'y repense. Mais vos lettres m'ont tellement touchée que je ne pouvais pas vous répondre sans vous dire toute la vérité. Car c'est la base de la confiance, n'est-ce pas ?

Chapitre 6

LES DISPUTES ENTRE COPINES

Coucou Margot !

Ça fait longtemps que je voulais t'écrire au sujet d'un truc qui me prend vraiment la tête. Je n'ai personne à qui en parler alors je me suis dit que peut-être toi, tu pourrais m'aider. C'est à cause de mes copines, enfin, plutôt à cause d'une fille qui n'est pas vraiment ma copine, justement !

Pour résumer, on est un groupe de quatre filles hyper soudées depuis la sixième. Mais à la rentrée de troisième, une nouvelle est arrivée. Au début, on la trouvait super sympa, même si elle était vachement timide, et on l'a tout de suite intégrée à notre bande parce que ça nous faisait trop de peine de la voir toute seule dans la cour. Mais depuis, elle cherche tout le temps à nous diviser. Dès qu'une d'entre nous n'est pas là, elle la taille. Et surtout, elle raconte que l'autre nous critique derrière notre dos... alors que c'est (souvent) complètement faux !!! Le pire, c'est que ça marche : on n'arrête pas de s'embrouiller et, au final, on a l'impression que c'est la chef du groupe alors qu'on ne la connaît que depuis quelques mois !

Dis, Margot, est-ce que tu as déjà eu ce genre de problème ? Si oui, dis-moi ce que je peux faire pour arrêter ça, je n'en peux plus !!!

BISOUS

Maya

Entre mes copines et moi, ça clashe aussi ! Et je dois bien reconnaître que c'est souvent ma faute... Vous me connaissez : vous savez que je dis toujours ce que je pense. Quand j'ai un truc sur le cœur, je ne peux pas me retenir et... ça ne passe pas toujours très bien ! Si je trouve qu'une de mes copines a mis un jean qui ne la met pas en valeur par exemple, je ne suis pas de celles qui disent : « Waouh, t'es trop belle ! » mais qui, en fait, la critiqueront dès qu'elle aura le dos tourné.
Moi, je dis les choses franchement. Trop, peut-être... Disons que j'oublie un peu de mettre les formes, alors parfois mes remarques peuvent blesser. Je sais que je dois faire un effort là-dessus, mais je suis sûre d'une chose : une bonne amie est celle qui dit la vérité, même si cela n'est pas toujours agréable à entendre. Et si mes copines m'ont (souvent !) reproché mon côté trop « cash », au moins personne ne peut dire de moi que je suis hypocrite. Et pour moi, c'est le plus important.

Les copines, c'est ma vie. Charlène, Camille, Lucille, Alicia, Marine... On s'est rencontrées en primaire, au collège ou au lycée, et on est restées super proches malgré les déménagements, les études, les petites

jalousies et surtout... les mecs ! Évidemment, nos relations ont évolué avec le temps.
Quand je me suis mise en couple avec Maxence, au début j'avais tout le temps envie d'être avec lui, et les copines ont pu avoir l'impression que je les laissais tomber. C'est souvent comme ça quand on est amoureuse : pendant quelque temps, c'est la fusion totale et plus rien d'autre n'existe... Mais en réalité, cette période ne dure pas longtemps. Très vite, on a envie de retrouver ses amies... justement pour pouvoir leur raconter ce truc de fou qui nous est arrivé !
Pour éviter que ça se reproduise quand une de nous aura un nouveau copain, on a décidé de créer un rituel : dîner ensemble au resto une fois par semaine. Avec **INTERDICTION FORMELLE** de zapper le rendez-vous pour cause de mec ! C'est toujours un super moment. On se retrouve toutes ensemble, on se raconte nos petites histoires, on se soutient, on se charrie... Ça fait du bien d'être toutes réunies.

Mes amies, c'est mon socle, ma base. Je le sais d'autant plus depuis que Maxence et moi sommes devenus un peu célèbres. Parce que j'en ai connu des filles qui ont cherché à être copines avec moi pour pouvoir se rapprocher de Maxence ! Celles-là, j'ai appris à les identifier et à m'en méfier. Elles te déclarent une amitié éternelle alors que tu les connais à peine, elles font tout pour te ressembler (même coupe, même look – il y en a même eu une qui copiait mon rire et ma façon de parler !) et dès que Maxence est dans les parages, elles ne te calculent plus ! Au début, je me suis laissé avoir une ou deux fois, mais maintenant je suis devenue une experte pour détecter les « fausses amies ».

Évidemment, ça n'empêche pas les petites embrouilles ; mais avec des vraies amies, on peut toujours se réconcilier. À condition de savoir reconnaître ses erreurs (et vous savez que je dis ça aussi pour moi !). Voici donc quelques conseils pour retrouver le chemin de l'amitié. **LA VRAIE.**

CONSEIL N° 1 : ÉVITER LES CONFLITS

Je vous dis ça mais… *c'est surtout un conseil que je me donne à moi !* Je suis impulsive, c'est mon gros défaut. Je ne sais pas me retenir de dire ce que je pense et, avec moi, ça sort toujours de façon un peu trop brutale. Ça se passe toujours pareil : je fais une remarque, la personne se blesse et m'envoie balader, ça m'énerve donc je réplique, elle monte en

pression, moi aussi… et je me retrouve à balancer des trucs qui dépassent (largement !) ma pensée. Après, je regrette. Alors j'envoie un texto pour m'excuser… Au final, ça finit toujours par s'arranger, mais souvent je me dis que j'aurais mieux fait de me taire. Ou surtout de faire attention à la façon dont je me suis exprimée.
Vous l'aurez compris, c'est un conseil que j'ai du mal à appliquer, mais je sais que c'est un bon conseil alors j'y travaille. Et j'espère que vous aussi !

CONSEIL N° 2 : FAIRE LE TRI DANS SES « COPINES »

Comme je vous l'ai dit, il y a des « fausses amies ». Ce n'est pas facile de les repérer, mais quelques indices devraient attirer votre attention. D'abord, j'ai remarqué que chaque fois que ma mère m'a dit *« cette fille, je ne la sens pas »*, la suite de l'histoire lui a donné raison. Au début, ça m'énervait quand elle me disait ça, mais je me suis aperçue qu'elle avait un sacré bon détecteur !

D'abord, il faut se méfier des filles qui veulent trop vous ressembler. Bien sûr, ça fait plaisir. Au début, on trouve ça agréable d'être le modèle de quelqu'un,

c'est flatteur. Mais ce n'est pas une situation normale : ça montre que la fille n'a pas sa propre personnalité, et surtout qu'elle est trop influençable pour être une vraie amie. Qu'est-ce qui garantit que le jour où elle trouvera un autre modèle elle ne vous laissera pas tomber comme une vieille chaussette ?
Essayez d'en parler avec elle pour l'aider à comprendre le problème. Pas en étant méchante, mais juste en expliquant que ça vous étouffe et que pour vous, l'amitié, ça ne veut pas dire qu'il faut forcément faire « tout pareil »...

L'autre question à se poser, c'est : est-ce que cette fille vous fait vous sentir bien ? Est-ce qu'elle vous met en valeur par rapport aux autres, par exemple ? Moi, je connais des filles qui passent leur temps à rabaisser les autres pour se mettre en avant. *Celles-là, dégagez-les vite fait !* C'est un peu violent de dire ça comme ça, mais je crois qu'avec ce type de personnes, les gens « toxiques », il n'y a rien d'autre à faire. Les vraies amies sont là pour vous, elles vous aiment pour ce que vous êtes et c'est à ça qu'on les reconnaît !

CONSEIL N° 3 : CHERCHER L'ORIGINE DU PROBLÈME

Je vais vous raconter une histoire personnelle : j'avais une bonne copine avec qui c'est devenu d'un coup très tendu. Je ne comprenais pas pourquoi, mais du jour au lendemain elle s'est mise à être dure avec moi, à me critiquer tout le temps, à se moquer de moi devant les autres... Ça m'énervait, alors je lui ai demandé qu'on se parle en tête à tête. Et là, elle m'a balancé qu'à une soirée je l'avais blessée en disant du mal de son mec. Je n'en avais aucun souvenir ! J'ai même hésité à la croire tellement ça me paraissait dingue, cette histoire. Mais je l'avais vraiment vexée, elle était au bord des larmes. Donc j'ai décidé de lui faire confiance. Je lui ai présenté mes excuses, elle les a acceptées et, depuis, on est super potes !

C'est là que j'ai compris qu'il faut toujours chercher la vraie raison du conflit. Quand quelqu'un se met à être désagréable avec vous, c'est souvent qu'il s'est passé quelque chose que vous n'aviez pas remarqué. Au lieu d'accuser votre amie, commencez par lui demander si vous l'avez blessée sans le vouloir. Et acceptez d'avoir une part de responsabilité dans la dispute. Ce n'est pas facile d'admettre ses torts (j'en sais quelque chose !), *mais c'est la base de l'amitié, non ?*

CONSEIL N° 4 : SE PARLER FACE À FACE

Ça, c'est une règle à laquelle j'arrive à me tenir : je ne m'explique jamais avec une copine sur les réseaux sociaux. Je l'ai déjà fait et, franchement, ça crée plus de problèmes que ça n'en résout. Quand on est derrière son ordinateur, on ne voit pas la personne, son sourire ou, au contraire, ses petits yeux tristes… alors on comprend tout de travers ! On ne se rend pas compte de l'ironie, des sous-entendus… On prend tout au premier degré, on se vexe pour rien, les messages se croisent, on écrit des choses qui sont mal interprétées et, au final, il y a encore plus de malentendus qu'avant le début de la discussion !

Si j'ai besoin de mettre les choses au clair avec une copine, je préfère la voir. Chez elle, chez moi ou dans un café, peu importe, l'essentiel est de pouvoir la regarder dans les yeux. Face à l'autre, on peut mieux mesurer la portée de nos paroles et mieux comprendre ce que l'autre veut nous dire. Et puis, une fois que chacune a vidé son sac, on peut se serrer dans les bras pour sceller la réconciliation et ça, ça fait du bien !

CONSEIL N° 5 : NE PAS DRAMATISER

Quand on est fâchée avec sa meilleure amie, on croit que c'est la fin du monde. Qu'est-ce que j'ai pu pleurer pour ces histoires de copines ! Au collège, je me suis mise dans des états pas possibles pour des embrouilles qui, franchement, n'en valaient pas la peine. Surtout qu'on se réconciliait aussi vite qu'on se disputait !

Aujourd'hui, avec le recul, j'ai compris que ces moments de tension sont inévitables quand on passe autant de temps ensemble. Surtout au lycée : nos copines, on est avec elles toute la journée. On prend le même bus le matin, on s'assoit à côté en cours, on traîne ensemble pendant les récrés, on déjeune à la même table à la cantine… et quand on rentre le soir, la première chose qu'on fait, c'est se parler au téléphone, par textos ou sur les réseaux sociaux ! Alors, forcément, à un moment, *on se tape sur les nerfs !*

Toutes les amitiés connaissent des hauts et des bas, des moments de fusion et d'éloignement. D'ailleurs, les séries ou les films qu'on aime parlent beaucoup de ça. Prenez *Gossip Girl* ou *Pretty Little Liars* : ça ne parle **QUE** de ça. C'est bien la preuve que les « embrouilles de copines » concernent toutes les bandes… et pas seulement la vôtre !

CONSEIL N° 6 : SE FAIRE DES POTES… MECS

Vous le savez bien, ces prises de tête, c'est surtout un truc de filles. Les mecs, eux, on dirait qu'ils ne se disputent jamais ! Avec eux, c'est plus franc : s'ils s'embrouillent une fois, ils le font vraiment et ne se parlent plus jamais après. Ils ne passent pas leur temps à se disputer, à se faire la tête, à se rabibocher…
Parfois, ça repose de traîner avec des mecs. Ils se charrient sans prendre la mouche, et ils n'ont pas besoin d'être d'accord à 100 % sur tout pour être potes. Et puis, ils portent un regard très distancié sur nos histoires de nanas : ça les fait bien marrer de nous voir être toujours entre deux embrouilles… En parler avec eux permet de prendre du recul, de prendre conscience que nos disputes ne durent jamais vraiment longtemps et qu'on est un peu ridicules à jouer les *drama queens* pour des histoires qui n'ont, à leurs yeux, **AUCUN INTÉRÊT**.

Même si mes copines sont toute ma vie, j'ai toujours eu des potes mecs à qui me confier. Amaury, Antoine et Julien, merci de m'avoir aidée à ne pas m'enfermer dans des disputes idiotes, à ne pas en faire un drame, à accepter qu'une amitié évolue – bref, à grandir !

CONNAISSEZ-VOUS VRAIMENT VOTRE BFF ? UN TEST À FAIRE À DEUX !

C'est votre meilleure amie, vous connaissez tout d'elle.
Même…

1. SON DEUXIÈME PRÉNOM ?

2. SON MÉTIER RÊVÉ ?

3. LA FILLE QU'ELLE DÉTESTE LE PLUS ?

4. SA NOTE AU DERNIER CONTRÔLE D'ANGLAIS ?

5. LA VILLE OÙ HABITENT SES GRANDS-PARENTS ?
(Elle n'est pas facile, celle-là !)

6. SA PLUS GRANDE PEUR ?

7. LE PRÉNOM DE SON PREMIER AMOUREUX ?

8. SA TENUE « PORTE-BONHEUR » ?

9. LES ÉTUDES QUE FAIT
SA SŒUR OU SON FRÈRE ?

10. LE CHANTEUR QU'ELLE ADORAIT
QUAND ELLE ÉTAIT PETITE…
ET DONT ELLE A HONTE AUJOURD'HUI !

MOINS DE 3 BONNES RÉPONSES :
Bon. Il faut arrêter de s'écouter parler ! Et plus écouter votre amie quand elle raconte sa vie et ses problèmes… L'amitié, c'est dans les deux sens !

DE 5 À 7 BONNES RÉPONSES :
Pas mal. Mais vous avez encore beaucoup de choses à découvrir l'une sur l'autre.

PLUS DE 7 BONNES RÉPONSES :
Bravo ! Vous êtes une super amie qui connaît tout sur l'autre. Ça, c'est de la copine ! #TeamBFF.

Chapitre 7

LA PREMIÈRE FOIS

Salut Margot !

J'espère que tu vas bien et que toi et Maxence, vous
êtes toujours aussi in looooove !!! Vous formez
un très beau couple, tous les deux. Je vous suis
sur Insta et, franchement, ça se sent qu'il y a de
l'amour et de la confiance entre vous. Vous avez
trop de chance de vous être rencontrés si jeunes !
C'est bien parce que tu n'as pas dû te poser dix
mille questions : tu savais que c'était le bon !
Et tu sais quoi ? Moi aussi, je suis amoureuse !
Depuis deux mois ! Et lui aussi !!! L'autre jour, quand
on était chez lui, il y avait nos potes en bas mais
nous, on était tous les deux dans sa chambre, et
on a failli faire l'amour. J'ai dit non parce que
je ne le sentais pas, mais depuis j'y pense tout le

temps ! D'un côté j'en ai très envie, et de l'autre je ne sais pas si je suis prête, si ce n'est pas trop tôt, si je peux lui faire confiance… Comme tu vois, je suis un peu perdue !

Et toi, à quel moment as-tu senti que tu étais prête à aller au bout ? Ça m'aiderait beaucoup que tu me répondes parce que c'est un sujet dont je n'aime pas parler avec mes copines. Ça me gêne un peu… Et encore plus avec mon copain !

Merci d'avance !!!

Bisous

Marion

À l'époque où on n'était pas encore ensemble, Maxence m'avait dit, moitié sérieux, moitié pour rigoler : *« Tu verras, ta première fois, ça sera avec moi ! »* Sur le moment, je n'y ai pas cru. Et je lui ai même répondu : *« Dans tes rêves ! »* Et pourtant, c'est lui qui avait raison !
On a beaucoup attendu pour le faire. Moi aussi, je me posais dix mille questions, mais un jour j'ai senti que j'étais prête. On voulait tous les deux une relation sérieuse, j'avais confiance en lui, et puis j'en avais envie, tout simplement. Je voulais vivre un moment fort avec Maxence, quelque chose d'intense et d'unique. Et ça a vraiment été le cas...
Je vais vous dire quelque chose que j'ai longtemps gardé pour moi : la première fois, j'ai pleuré. Je ne savais même pas pourquoi ! C'était trop bizarre : comme si les larmes coulaient toutes seules. Maxence était en panique, il pensait que c'était sa faute, qu'il avait fait quelque chose de mal... Alors que pas du tout, au contraire ! C'était comme si une émotion s'était libérée de moi. Une belle émotion, mais si forte qu'elle m'a fait pleurer. C'est dire si le sexe et les sentiments sont liés !

Pour être vraiment franche avec vous, je dois aussi vous dire que c'est le chapitre qui a été le plus difficile

à écrire pour moi. La sexualité, c'est tellement personnel, c'est même la chose la plus intime au monde ! Je suis très pudique là-dessus : pas du tout le genre de fille qui fait marrer tout le monde en parlant de sexe. J'en connais des comme ça, elles me font bien rigoler d'ailleurs, mais moi, ça me gênerait trop !
En plus, je crois sincèrement que chacun a ses désirs, ses envies, et qu'on ne peut pas les juger. Il est impossible de dire qu'une chose est mal et une autre, bien : ça dépend tellement du contexte, de votre copain, de votre relation, de votre degré de confiance et de complicité...
Ce que vous partagez dans l'intimité ne regarde que vous. Et personne d'autre. J'espère simplement que ce chapitre vous aidera à savoir si VOUS, vous avez envie de le faire !

CONSEIL N° 1 : SE POSER LES BONNES QUESTIONS

Il y a tellement de mauvaises raisons de faire l'amour : pour être la première de la bande à l'avoir fait (ou pour ne pas être la dernière !), parce qu'on croit que ça nous rendra plus cool, plus populaire, plus sexy... Mais la seule chose qui compte, c'est vous. De savoir si vous vous sentez prêtes.

Est-ce que vous y pensez souvent ? Est-ce que ça vous fait peur, vous intrigue, vous amuse ? Est-ce que vous vous sentez à l'aise avec votre copain ? Est-ce que vous en avez parlé avec lui ? Est-ce que c'est lui qui insiste ou est-ce que c'est votre décision ? Ça fait beaucoup de questions, mais c'est votre première fois, et vous vous en souviendrez toute votre vie ! Donc, *prenez le temps d'y réfléchir posément*.

CONSEIL N° 2 : TROUVER LE BON

D'abord, il faut être amoureuse. Mais il faut aussi être sûre que lui aussi est amoureux ! Je crois qu'il vaut mieux prendre le temps d'avoir confiance en lui, de sentir qu'il n'est pas avec vous que pour « ça ». Bien sûr, je ne dis pas que c'est facile. J'ai eu beaucoup, beaucoup de chance d'avoir rencontré Maxence, et je sais que ça n'a pas été aussi facile pour tout le monde. J'ai des copines qui sont tombées sur des salauds (désolée, il n'y a pas d'autre mot…) et qui en ont bien bavé ! Ce n'est pas leur faute, elles se sont fait avoir, ça arrive. Tout le monde (même moi !) trouvait qu'ils formaient de très beaux couples et personne n'aurait imaginé que ces mecs-là se comporteraient comme ça. Dans ce cas-là, heureusement qu'il reste les copines pour vous remonter le moral !

CONSEIL N° 3 : NE PAS TROP PRÉVOIR

Mercredi après-midi prochain, ses parents ne seront pas là. Il vous a proposé de venir chez lui, avec un regard qui en dit long... Vous vous dites que ça y est, cette fois, c'est décidé, vous ferez l'amour avec lui. Ça vous fait complètement stresser d'y penser, et pourtant vous en êtes sûres, ça sera Le Grand Moment. *Relâchez la pression !* Trop prévoir, c'est le meilleur moyen de se bloquer. Mieux vaut laisser les choses se faire naturellement. Vous n'en serez que plus spontanées, plus légères... et c'est le plus important !

CONSEIL N° 4 : DIRE QUE C'EST LA PREMIÈRE FOIS

C'est la base ! D'abord parce qu'un garçon se comportera différemment avec une fille inexpérimentée. Il sera plus doux, plus attentionné s'il sait que c'est sa première fois. Et c'est ce dont vous aurez besoin pour vous détendre.

Ensuite parce que si vous n'avez pas osé lui dire quelque chose d'aussi important... c'est que vous n'avez sans doute pas assez confiance en lui pour faire l'amour !

CONSEIL N° 5 : SE PROTÉGER

Ça aussi, c'est la base ! La première fois, et au début d'une relation, le préservatif est évidemment obligatoire. Il protège aussi bien des maladies sexuellement transmissibles que du risque de tomber enceinte. Après quelques mois de relation sérieuse, vous pouvez envisager un moyen de contraception et demander la pilule à votre gynécologue, à votre médecin traitant ou au planning familial.

CONSEIL N° 6 : PROTÉGER SON INTIMITÉ

Je suis sûre d'une chose : pour une première fois, il faut que ce soit dans un lieu où vous vous sentez protégées, rassurées. Et où vous êtes sûres que l'on ne viendra pas vous déranger ! Pour que ça se passe bien, il faut que vous ayez l'impression d'être seuls au monde tous les deux.

Si vous avez peur que vos parents montent l'escalier et entrent dans votre chambre, par exemple, ça ne va pas marcher ! Vous ne pourrez pas vous détendre si vous pensez à trop de choses en même temps.

Et c'est encore plus vrai pendant les soirées ! Dans la chambre où il y a les manteaux, on peut s'embrasser, tranquilles, quelques instants, mais pas plus… car quelqu'un peut entrer à tout moment !

CONSEIL N° 7 : PARLER

Comme beaucoup de garçons, Maxence a toujours été à l'aise pour parler de sexe. Il m'a tout de suite posé des questions sur ce que j'aimais, ou ce qui me ferait plaisir… Moi, ça me mettait mal à l'aise. J'étais déjà gênée d'en parler entre copines, alors avec lui ! Mais il avait raison : dire *« ça, ça me plaît », « ça, ça ne me plaît pas », « ça, j'adore ! »*, ça permet d'apprendre à se connaître. Ce n'est pas une honte de parler de sexe avec son copain ! Au contraire, c'est une preuve d'amour.

CONSEIL N° 8 : FAIRE GAFFE AUX SEXTOS !

Se « chauffer » par textos, ça peut être marrant. Comme je vous l'ai dit, je ne juge pas. Chacun s'amuse comme il veut dans son couple. Par contre, j'ai tellement de copines qui ont eu des problèmes avec ça que je suis obligée de vous dire **« ATTENTION » !** Une photo prise un jour, pour rigoler, peut se retrouver sur les téléphones de toute la classe le lendemain. Il faut vraiment avoir confiance en son copain pour s'envoyer ce genre de message ou photo. Et ça prend des mois d'atteindre ce niveau de complicité. S'il vous le demande trop vite, méfiez-vous !

CONSEIL N° 9 : SAVOIR DIRE « STOP »

Si, à un moment, vous trouvez que ça va trop loin, dites-le ! Si vous faites quelque chose parce que vous vous y sentez obligée, vous n'allez pas être bien, votre copain va le sentir, ça va créer une tension et là, ça va mal se passer… Mieux vaut dire « stop » clairement et lui demander de calmer le jeu, de prendre le temps.

Une dernière chose : on a toujours le droit de dire non. Ce n'est pas parce que vous avez accepté de passer la soirée chez lui que vous êtes obligée de le faire ! On peut dire **OUI** la veille et **NON** au dernier moment, parce que d'un coup on panique ou qu'on ne le sent plus. C'est même une preuve de maturité.

CONSEIL N° 10 : DÉDRAMATISER

Bien sûr, la première fois est très importante, mais ce n'est qu'UNE fois ! Et toutes celles qui l'ont déjà fait le savent : c'est souvent la plus nulle ! La première fois, il y a tellement d'émotions que ça part facilement en vrille. Mais ce n'est pas grave et, surtout, ça ne signifie pas que toute votre vie sexuelle va ressembler à cette première fois décevante. Vous avez toute la vie pour apprendre et découvrir. Ce n'est que le début !

SPÉCIALE DÉDICACE AUX GARÇONS !

On sait qu'ils ont parfois du mal à nous comprendre… Il faut dire qu'on peut être compliquées, aussi ! Nous, les filles…

ON AIME : Qu'on nous embrasse les oreilles, le cou, les épaules, les genoux, les pieds…
ON N'AIME PAS : La précipitation.

ON AIME : Le désir qui monte lentement.
ON N'AIME PAS : Que ça dure deux minutes !

ON AIME : L'odeur sexy de celui qui rentre du sport.
ON N'AIME PAS : Celle du mec qui n'a pas pris de douche depuis longtemps…

ON AIME : Quand ils sont curieux, inventifs, créatifs, même… Quand c'est un moment d'échange, de partage et de fous rires entre nous.
ON N'AIME PAS : Les films X.

ON AIME : Rire ensemble de nos petits défauts.
ON N'AIME PAS : Se prendre une vanne !

ON AIME : Le regard sexy droit dans les yeux.
ON N'AIME PAS : Ceux qui font comme si on n'était pas là !

ON AIME : Les petites phrases torrides.
ON N'AIME PAS : Les mots trop crus.

ON AIME : Ce moment, juste après, où on se parle en chuchotant...
ON N'AIME PAS : Quand ils s'endorment direct !

ON AIME : En avoir tout le temps envie !
ON N'AIME PAS : Qu'ils nous mettent la pression.

ON AIME : Les mecs timides en public et super à l'aise avec nous.
ON N'AIME PAS : Ceux qui se la racontent.

Chapitre 8

QUAND LES PARENTS NE NOUS COMPRENNENT PAS

Salut Margot !

D'abord, bravo pour tes livres qui sont super ! Je les ai lus en un week-end ! Ma mère était carrément choquée parce qu'en général je n'aime pas lire – surtout les livres de l'école ! Grâce à toi, on a enfin passé un week-end sans se disputer à propos du collège (je déteste !), des devoirs (que je ne fais pas !), des notes (jamais assez bonnes pour eux !)... Depuis la rentrée, c'est vraiment la guerre à la maison. Mes parents me font tout le temps des réflexions : on dirait que je ne fais rien de bien ! chaque fois qu'on se parle, ça part en live. Soit c'est moi qui m'énerve, soit c'est eux qui comprennent de travers un truc que j'ai dit et qui se mettent à crier comme si c'était la fin du monde. Résultat, on ne se parle presque plus. Avant, j'aimais bien raconter mes petites histoires à ma mère, mais maintenant je préfère éviter parce que ça finit toujours en dispute. Mais ça me manque beaucoup, en fait. Dis, Margot, comment je peux faire pour qu'on se remette à se parler normalement, mes parents et moi ?

J'attends ta réponse avec impatience !

Love,

Capu

Ah, les parents, ce qu'ils peuvent nous empoisonner la vie, parfois ! Aujourd'hui, je m'entends très bien avec les miens. Ils me soutiennent et me disent souvent qu'ils sont fiers de moi. Le repas du soir qu'on passe tous les cinq, avec mon père, ma mère et mes deux sœurs, est même le meilleur de la journée ! On discute, on se raconte des anecdotes marrantes et on se tape de ces fous rires…

Mais pour être honnête avec vous, je dois reconnaître que ça n'a pas toujours été comme ça. Les dîners qui partent en live, les portes qui claquent, les voix qui augmentent en décibels, j'ai bien connu aussi ! Et avec le recul, je peux dire que c'était en grande partie ma faute. Soyons honnêtes, quand on est ado, on est souvent un peu débile, non ? J'ai toujours été quelqu'un qui veut avoir raison, c'est dans mon caractère, mais quand j'étais au collège, c'était… puissance mille ! Dès que mes parents me contredisaient, ou même s'ils n'étaient juste pas de mon avis, je m'énervais. Et puis, je m'opposais tout le temps à eux. Il suffisait qu'ils aiment quelque chose pour que je trouve ça nul et sans intérêt. Et que je le leur dise ! Alors forcément, ça les énervait aussi… C'était un cercle vicieux. On s'agaçait, ça montait,

montait, montait et, d'un coup, la discussion devenait impossible.
Je me rends compte qu'à l'époque, quand on n'était pas d'accord avec moi, j'avais tout de suite l'impression qu'on ne m'aimait pas. Et si mes sœurs prenaient le parti de mes parents, alors là je me disais carrément que tout le monde était contre moi, et ça me faisait péter les plombs. *C'est fou quand même !*

Aujourd'hui, je sais que c'est normal de ne pas être tout le temps d'accord avec ses parents. À mon avis, c'est même bon signe parce que si à 14 ans on pensait comme quelqu'un de 40, ça serait bizarre, non ? Maintenant, je sais que ce qui compte, c'est de pouvoir en discuter, que chacun puisse donner son point de vue sans se sentir agressé... Mais bon, c'est plus facile à dire qu'à faire !

Avec mes parents, on s'est beaucoup rapprochés quand ma sœur a eu un grave accident. À cet instant, toutes nos petites disputes ont été balayées. La famille s'est soudée autour d'elle et plus rien d'autre ne comptait à nos yeux. Ça a été une période très dure pour nous tous, et en même temps elle a produit de très belles choses parce que, depuis, nous sommes plus unis que jamais. C'est souvent dans ces moments-là qu'on se rend compte de l'importance de la famille et de la force des liens qui nous attachent à nos parents et nos frères et sœurs. Alors, si je n'avais qu'un conseil à vous donner, ce serait celui-là : n'attendez pas qu'un drame arrive pour dire à votre famille combien vous tenez à elle !

Même quand la communication vous paraît impossible parce que n'importe quelle discussion tourne tout de suite à la dispute, dites-vous bien que ce n'est qu'un mauvais moment à passer. En grandissant, les relations avec nos parents évoluent et les choses rentrent naturellement dans l'ordre. En attendant, voici quelques conseils pour vous aider à débloquer la situation.

CONSEIL N° 1 : COMPRENDRE LE FOND DU PROBLÈME

Quand on est en conflit avec quelqu'un *(et pas seulement avec ses parents !)*, on a tendance à se faire des reproches en permanence. Des phrases qui font mal et, surtout, qui annulent toute possibilité d'entamer une vraie discussion ensuite. Au lycée, j'avais une copine qui se disputait tout le temps avec ses parents. À la moindre discussion, elle se mettait à crier « Vous ne me faites pas confiance ! » et elle partait en claquant la porte. Un jour, sa grande sœur est revenue passer un week-end chez eux ; elle a été témoin de la situation et a demandé à ses parents pourquoi ils ne lui faisaient pas confiance et, surtout, ce que sa sœur pouvait faire pour que ça change.

Je me souviens très bien de cette scène parce que j'étais là, toute gênée de me retrouver au milieu d'une dispute familiale... Ce qui m'a surprise, c'est que son père a répondu très simplement que comme ma copine ne tenait jamais ses promesses (comme ranger **VRAIMENT** sa chambre), il ne la croyait pas quand elle disait qu'elle rentrerait tout de suite après le cinéma. Ma copine a halluciné ! Elle n'avait jamais vu le rapport entre le fait de ranger sa chambre et le droit de sortir le soir... Au

final, elle a fait ce que son père lui demandait… et on est allées au ciné !
Comme quoi, il y a toujours quelque chose à gagner quand on cherche une solution plutôt que de râler dans son coin sans comprendre la réalité de la situation…

CONSEIL N° 2 : TROUVER UN INTERMÉDIAIRE

Dans le cas de ma copine, c'est l'intervention de sa grande sœur qui a permis de débloquer les choses. Moi aussi, mes sœurs m'ont beaucoup aidée à me calmer quand je m'énervais contre mes parents. Et je crois qu'elles ont aussi aidé mes parents à ne pas dramatiser, en leur disant que j'étais juste une ado qui piquait sa crise !
Alors, si vous sentez que le conflit est vraiment trop fort, regardez autour de vous et cherchez un proche de votre famille qui pourrait jouer les intermédiaires. Une tante, une marraine, une amie de votre mère… n'importe qui pourvu que vous ayez confiance en cette personne. Un œil extérieur permet toujours de voir les choses différemment. Et de faire passer des messages…

CONSEIL N° 3 : INTERROGER SES PARENTS SUR LEUR JEUNESSE

Votre mère n'aime pas une de vos amies et ses réflexions vous rendent dingues ? Comme je vous comprends ! Quand on s'attaque à mes amies, ça me blesse autant que si on s'attaquait à moi ! Mais je crois que plutôt que de perdre du temps à convaincre ses parents qu'ils ne connaissent pas assez nos amis pour les juger, on devrait leur demander si leurs parents à eux appréciaient leur bande de potes quand ils étaient au lycée. Et les laisser raconter combien leurs parents leur prenaient la tête à l'époque... Au lieu de vous disputer, vous échangerez quelques anecdotes marrantes, et c'est quand même plus agréable. *Tout le monde a galéré avec ses parents... même les nôtres !*

CONSEIL N° 4 : PROPOSER UNE SORTIE À DEUX

Les moments que je préfère avec ma mère, c'est quand on sort toutes les deux en ville. On fait les boutiques, on mange une glace et, surtout, on papote ! D'abord, le fait d'être en dehors de la maison crée une bonne ambiance. Ça casse la routine, donc ça nous met dans un autre état d'esprit que quand on est

ensemble en train de faire la vaisselle, par exemple ! Et comme on est juste toutes les deux, c'est plus facile de se parler. On a le temps, on se promène, on rigole et puis, l'air de rien, on se met à discuter de choses plus sérieuses, plus importantes.
Alors n'hésitez pas à proposer à l'un de vos parents une sortie en tête à tête. Même si ça ne résoudra pas tout, ça vous offrira à tous les deux une petite pause sympa !

CONSEIL N° 5 : ÉCRIRE UNE LETTRE À SES PARENTS

Parfois, on a tellement de colère en nous qu'on n'arrive pas à s'exprimer sans s'énerver. On voudrait parler normalement mais l'émotion est trop forte. On s'échauffe, on a le cœur qui bat, on commence à monter en pression… et on se retrouve à hurler des méchancetés qu'on ne pense même pas. Au final, personne n'a compris pourquoi on s'est mis dans un état pareil !
Dans ces cas-là, pourquoi ne pas écrire une lettre à vos parents ? Se poser dans sa chambre et prendre le temps de raconter tout ce qu'on ressent. D'abord, ça permet de bien choisir ses mots, de décrire précisément les sentiments qui nous traversent, et donc

de mieux se faire comprendre. Et puis, ça calme bien les nerfs... et c'est quelqu'un qui a déjà écrit deux livres qui vous le dit !

CONSEIL N° 6 : DIRE À SES PARENTS QU'ON LES AIME

Ça paraît débile, hein ? Pourtant, je suis sûre que c'est super important ! Quand on était petit, on disait facilement *« je t'aime »* à nos parents et, à cette époque-là, beaucoup d'autres choses étaient plus simples... Parfois, on aimerait bien redevenir une petite fille, et nos parents aussi ! Évidemment, ça n'est pas possible, mais on peut quand même essayer de retrouver les sentiments si doux qu'on ressentait quand on se faisait des câlins le soir avant de dormir. Si vous trouvez que ça fait nunuche de dire ça, faites l'expérience : dites à votre mère et votre père que vous les aimez à un moment où ils ne s'y attendent pas et *voyez comme ça fait du bien à tout le monde !*

LES PHRASES DE PARENTS QUI NOUS FONT PÉTER LES PLOMBS

« Ici, on n'est pas à l'hôtel ! »

On a envie de répondre :
« Comme si j'avais pas remarqué ! »

« Avec tout ce qu'on fait pour toi… »

On a envie de répondre :
« Mais j'ai rien demandé, moi ! »

« Je te l'avais bien dit ! »

On a envie de répondre :
« Bravo ! Tu veux une médaille ? »

« De mon temps,
ça ne se passait pas comme ça ! »

On a envie de répondre :
« Oui mais, depuis, on est passé
au XXIe siècle ! »

« Prends exemple sur ta sœur. »

On a envie de répondre :
« De toute façon, c'est ta préférée ! »

« Je ne suis pas ta copine ! »

On a envie de répondre :
« Mes copines sont plus sympas que toi ! »

« Range ta chambre ! », « Va faire la vaisselle ! », « Va promener le chien ! »

On a envie de répondre :
« Jamais tu ne dis “s'il te plaît” ? »

« T'as un bouton, là… »

On a envie de répondre :
« Et toi, t'as vu tes cernes ? »

« Tu vas sortir habillée comme ça ? »

On a envie de répondre :
« Tu ne connais rien à la mode ! »

« T'as eu des notes ? »

On a envie de répondre : « Il y a autre chose qui t'intéresse dans ma vie ? »

Heureusement qu'on ne dit pas tout ce qu'on pense, n'est-ce pas ? 😂

Chapitre 9

L'AMOUR SANS RETOUR

Chère Margot,

J'ai 15 ans et je te suis sur les réseaux sociaux depuis deux ans. J'ai aussi lu tes deux livres et ils m'ont bien remonté le moral !

Ton histoire avec Maxence me fait rêver parce que moi, je tombe toujours amoureuse de garçons qui ne veulent pas sortir avec moi ! Il y en avait un que je trouvais mignon et super sympa dans ma classe mais depuis quelques semaines il sort avec une autre... Ils ont l'air super amoureux, ils s'embrassent tout le temps dans la cour, ça me fiche le cafard, et aussi ça m'énerve parce que je ne comprends pas ce qu'elle a de plus que moi ! Mais je n'arrive pas à arrêter de penser à lui.

Dis-moi, Margot, qu'est-ce que je peux faire pour l'oublier ?

bizzz

Alice

L'amour à sens unique. Voilà une question qui revient souvent dans vos lettres ! *C'est normal : tout le monde a vécu ça un jour dans sa vie…* Et moi aussi ! Je connais bien les sentiments dont vous parlez : la tristesse, la jalousie, la colère, l'impression d'être nulle… C'est exactement ce que j'ai ressenti pendant les neuf mois où Maxence et moi avions rompu. Cette période horrible où il était avec Priscilla, où je voyais tous les jours des photos d'eux, trop amoureux, sur Facebook. Alors que moi, pendant ce temps-là, je traînais en jogging sur mon canapé, je ne faisais que pleurer et écouter des chansons tristes… comme certaines d'entre vous, si j'en crois vos lettres !

Si mon histoire vous donne de l'espoir, tant mieux ! Mais attention à ne pas rester bloquées sur un garçon avec qui ça ne marchera pas. Parfois, il vaut mieux tourner la page, et avancer. Évidemment, je ne dis pas que c'est facile. Mais il y a une série de petites choses que l'on peut mettre en place pour libérer son  de cet amour impossible… et du coup se laisser une chance de tomber amoureuse d'un garçon qui, lui, partagera nos sentiments !

CONSEIL N° 1 : AVOUER SES SENTIMENTS

Oui, je sais, ça fait peur... mais c'est la seule façon d'accepter la réalité. Quand on commence à tomber amoureuse, on rêve, on s'imagine des tas de trucs, et plus on passe de temps à croire que celui qu'on aime nous regarde tout le temps en cours, par exemple, plus ça fait mal de réaliser qu'on s'est complètement trompée ! Je suis sûre que je ne suis pas la seule à qui c'est arrivé, n'est-ce pas ?

Alors faites preuve de courage et lancez-vous ! Si vous n'osez pas le dire en face (ça, c'est compréhensible !), vous pouvez le faire par lettre, par téléphone ou par message... Dites franchement ce que vous avez sur le cœur et, même si la réponse est difficile à entendre, n'oubliez pas qu'il n'y a pas de honte à être sincère. À mon avis, c'est même une preuve de maturité. Alors, bien sûr, se prendre un râteau, ce n'est pas marrant sur le moment, mais au moins on est fixée et, à partir de là, on peut vraiment passer à autre chose.

102
Histoire
SVT

CONSEIL N° 2 : RELATIVISER

Vous croyez être les seules à vous être pris un râteau ? Mais tout le monde est passé par là ! Parlez-en autour de vous et vous verrez qu'en réalité c'est la chose la plus banale au monde... Ça vous fera du bien d'entendre des histoires « pires » que la vôtre. Les copines, les sœurs, les cousines (et même les mamans !) l'ont toutes déjà vécu. Avec le temps, toutes s'en sont remises et ont transformé ce moment horrible en une anecdote rigolote. En les écoutant, on se rend compte que ce sentiment de gêne, de honte, qui nous hante, passera en fait beaucoup plus vite qu'on ne l'imagine.

CONSEIL N° 3 : ASSUMER SON CÉLIBAT

Je le dis franchement : ça ne sert à rien de se jeter dans les bras d'un autre garçon pour oublier celui qui vous a fait du mal. Beaucoup de mes copines l'ont fait et ça n'a pas marché du tout ! *Je suis persuadée d'une chose : dans la vie, il faut rester soi-même.* Alors, si un mec ne vous plaît pas, cela n'apportera rien de bon de sortir avec lui. D'abord parce qu'on prend le risque de passer pour une fille facile, le genre qui déclare sa flamme à quelqu'un... et qui sort avec un autre le lendemain.

Pas terrible comme réputation, non ? Mais surtout parce qu'au final on a l'impression de se mentir à soi-même, et c'est encore plus déprimant que d'être célibataire.

CONSEIL N° 4 : LE BLOQUER SUR LES RÉSEAUX SOCIAUX

Voir sur Facebook le garçon qu'on aime s'éclater avec sa nouvelle copine est un crève-cœur… et pourtant on n'arrive pas à s'empêcher de consulter son compte ! Bizarre comme parfois on fait des choses alors qu'on sait pertinemment qu'elles nous font souffrir… Pour s'éviter toute tentation, mieux vaut le bloquer sur tous les réseaux sociaux. La démarche demande du courage, mais je crois que c'est une étape essentielle pour l'oublier.

Ça fait très vite du bien parce que, déjà, on se sent plus forte, on a l'impression de prendre sa vie en main, et puis c'est un tel soulagement d'aller sur Instagram sans avoir peur de tomber sur une photo de ses vacances avec sa copine en maillot de bain !

CONSEIL N° 5 : LISTER LES DÉFAUTS DE L'ÉLU DE SON CŒUR

Quand on est amoureuse, on a tendance à ne voir que ce qui nous plaît chez l'autre. Pourtant, on sait bien qu'il a des défauts, mais pendant longtemps on a fermé les yeux. Eh bien, on arrête ! Pour commencer, prenez une feuille et faites la liste de ce qui, en réalité, vous a toujours un peu agacées chez lui – sa façon de rire aux blagues débiles de ses copains, sa passion pour l'électro (que vous ne partagez pas), son manque d'attention aux autres...
Réfléchissez bien et vous trouverez (après tout, personne n'est parfait, même celui que vous aimez !) ; et vous serez peut-être surprises de découvrir combien la liste est longue...

CONSEIL N° 6 : S'OCCUPER

Quand on est en plein chagrin d'amour, on a l'impression qu'on ne peut rien faire d'autre que de pleurer sur son canapé. On est tellement mal qu'on est capable de refuser d'aller à une soirée pour ne pas imposer notre tristesse aux autres. Alors que c'est le **CONTRAIRE** qu'il faudrait faire ! Je ne dis pas que c'est facile, bien sûr ; je sais, ça demande

un très gros effort. Mais il faut se forcer, et ça paye !
La semaine, plongez-vous à fond dans les cours ou dans le travail, car c'est toujours quelques heures de gagnées pendant lesquelles vous penserez à autre chose. Le week-end, obligez-vous à voir du monde, parce que ça vide la tête d'entendre les autres parler de leurs problèmes. Et puis parce que ce n'est pas en restant enfermée chez soi qu'on s'offre la possibilité de rencontrer quelqu'un qui tombera amoureux de nous !

CONSEIL N° 7 : S'ENTOURER (DES BONNES PERSONNES)

Dans ces moments difficiles, il est évidemment important de ne pas s'isoler. Mais attention à bien choisir ceux à qui on confie son chagrin. Les copines en couple qui lisent à haute voix les textos mignons envoyés par leurs copains n'aident pas à se sentir mieux. Pas la peine non plus de couper les ponts avec elles (ce serait trop injuste !), mais il vaut mieux prendre simplement un peu de distance. Et passer plus de temps avec celles qui sont célibataires, histoire de partager sa peine avec quelqu'un qui comprend ce qu'on vit.

CONSEIL N° 8 : PRENDRE SOIN DE SOI

S'il y a bien un moment où l'on se sent moche, c'est quand on s'est pris un vent ! Raison de plus pour prendre les choses en main et pourquoi pas changer de tête en s'offrant un passage chez le coiffeur. Prendre du temps pour soi, pour se faire belle et surtout se sentir belle, redonne confiance. Et puis, cela donne la force d'affronter la situation. En arrivant au collège bien habillée, bien maquillée, vous aurez plus le courage de lui faire la bise la tête haute que si vous vous trimbalez la mine de celle qui a pleuré toute la nuit !

CONSEIL N° 9 : SE FAIRE UNE PLAYLIST QUI REMONTE LE MORAL

OK, pendant une période, on ressent le besoin d'écouter des chansons tristes parce qu'elles mettent des mots sur notre chagrin. Mais attention à ne pas se complaire là-dedans, parce qu'à force ça nous maintient dans un mauvais état d'esprit. Avez-vous remarqué ? Parfois, il suffit de mettre une musique joyeuse pour se sentir à nouveau plus légère.

Alors, passez une soirée à télécharger sur votre

téléphone les chansons les plus fun que vous connaissez, celles qui vous donnent envie de danser, vous font rire, vous rappellent des souvenirs heureux : *ce sera votre « feel good playlist »*. Forcez-vous à l'écouter sur la route du lycée et, sans y penser, vous vous remettrez à sourire...

CONSEIL N° 10 : ACCEPTER QUE CELA PRENNE DU TEMPS

Faire le deuil d'un amour, c'est long. Et n'allez pas croire que cela va plus vite pour les autres ! On dit que cela prend au moins la moitié du temps qu'on a passé à aimer un garçon. Disons que si on a rêvé de lui pendant six mois, il en faudra bien trois pour l'oublier.

Je ne sais pas si c'est vrai, mais ce dont je suis convaincue, c'est que le processus passe par cinq phases dont chacune prend un certain temps : d'abord, on est dans le déni complet, on refuse de regarder la vérité en face. Ensuite, la réalité nous saute au visage et on est comme en état de choc. Puis on entre dans une phase de déprime qui peut durer un bon moment. Puis vient la colère, contre lui, contre nous, contre l'injustice de la situation.

Enfin, on entre dans une période d'acceptation et on finit par se faire une raison.

Vous voilà prêtes à tomber à nouveau amoureuses – de quelqu'un qui vous aimera en retour, cette fois !

🎤 MA FEEL GOOD PLAYLIST 🎶

Je vous le disais, quand je n'ai pas le moral, je mets de la musique positive et qui bouge à fond dans mon casque. Voici mon top 10 (enfin, plutôt mon top 13 !) des chansons qui donnent la pêche.

1. **MA2X**, *J'DOIS M'EN ALLER*
(Évidemment !)

2. **RIHANNA**, *WORK*

3. **WHAM !**, *WAKE ME UP*

4. **THE JACKSON 5**, *ABC*

5. **MICHELLE WILLIAMS FEAT BEYONCÉ ET KELLY ROWLAND**, *SAY YES*

6. **SHAKIRA**, *WAKA WAKA*

7. **SPICE GIRLS**, *WANNABE*

8. **DESTINY'S CHILD**, *SAY MY NAME*

9. **DRAKE**, *ONE DANCE*

10. **JENNIFER LOPEZ**, *AIN'T YOUR MAMA*

11. **SHAY**, *THIBAUT COURTOIS*

12. **NEKFEU**, *PRINCESSE*

13. **JENIFER**, *AU SOLEIL*

Chapitre 10
L'HOMOSEXUALITÉ

Salut Margot !

Je ne sais pas pourquoi je t'envoie ce message...
Je n'ai personne à qui parler alors, pourquoi pas ?
Le truc, c'est que je crois que je suis homo. Je
dis « je crois » parce que je ne suis jamais sortie
avec un garçon donc, en fait, je ne sais pas vrai-
ment ! Par contre, j'ai embrassé une fille il n'y a
pas longtemps. Je ne m'y attendais pas du tout
donc c'était très bizarre. Et en même temps, ça
m'a plu... De toute façon, je ne la reverrai jamais,
c'était pendant les vacances. Mais depuis, je me pose
plein de questions.
En plus, ça fait très longtemps que je me demande
pourquoi je n'ai jamais été attirée par un mec. Ça
tourne en rond dans ma tête et je n'ose pas en

parler parce que je ne sais pas comment vont réa-
gir mes copines, ma mère, et surtout mon père !
Le pire, ça serait que mes copines me rejettent.
La nuit, parfois, ça me fait tellement peur que je
me promets de ne jamais en parler à personne. Au
final, j'ai l'impression de mentir à tout le monde.
Même à moi !!!
J'aimerais bien savoir ce que tu penses de tout ça.
Et puis, ça me ferait plaisir d'avoir un message de
toi ! Ça me remonterait bien le moral !!!
À vite, alors ?

Bisous !!!

Angela

Si j'ai fait ce livre, c'est justement pour répondre à Angela. Et à toutes celles (et ceux !) qui m'ont fait confiance au point de me révéler, à moi en premier, leur homosexualité. C'est un sujet qui me touche particulièrement car beaucoup de mes amis proches sont gays. Je les ai vus traverser ces moments de doute et de peur dont vous me parlez dans vos messages. Alors, quand je les vois aujourd'hui heureux, en accord avec eux-mêmes, (qu'ils soient en couple ou non !), je pense à vous. Et j'ai envie de vous dire que tout le monde mérite l'amour, quelle que soit son orientation sexuelle. *Hétéro, homo, lesbienne, bi, quelle est la différence quand on parle de sentiments ?*

Je sais que tout le monde ne pense pas comme moi. Sur Twitter, on voit bien les insultes postées sous les images montrant des couples de mecs qui s'embrassent. Dernièrement, un de mes amis s'est fait agresser parce qu'il est gay ! Simplement parce qu'il tenait la main de son copain dans la rue ! J'ai été choquée d'apprendre ça. Et en colère de voir que l'homophobie pouvait aller si loin ! Face à tant de violence, je comprends la difficulté d'assumer sa sexualité dans un monde où beaucoup de gens sont trop débiles pour comprendre que l'amour n'a pas de frontières !

Pour écrire ce chapitre, j'ai demandé à mes amis gays quels conseils ils donneraient aux collégiens qu'ils étaient. Vous le savez, je n'aime pas trop donner mon avis quand je n'ai pas vécu la situation personnellement, alors j'ai préféré me renseigner... plutôt que de me tromper ! Chaque histoire est différente, bien sûr, mais j'espère que vous trouverez dans ces pages du réconfort, du soutien et des bons conseils !

CONSEIL N° 1 : SE CONFIER À SES AMIS

Je me souviens quand un de mes potes de lycée nous a annoncé qu'il avait rencontré quelqu'un... et que c'était un mec. On était tous ensemble, avec ma bande de copines. Il a tourné autour du pot pendant plusieurs minutes et puis, d'un coup, il nous a balancé ça. Bien sûr, au départ, on a été surprises. On ne s'y attendait pas du tout ! Mais très vite, on s'est toutes mises à dire combien on était contentes pour lui ! Pour nous, le plus important, ce n'était pas qu'il soit avec un mec... *mais qu'il soit heureux en amour !* Il avait toujours été célibataire, alors ça nous a fait plaisir de le voir en plein love ! Après, on a rencontré son

copain et il était tellement sympa et marrant qu'on l'a tout de suite accepté dans notre bande.
Quand ça s'est su dans le lycée, certaines personnes ont mal réagi. Ce n'est pas pour faire des généralités mais… c'étaient surtout des mecs ! Il y en a même un qui a dit « Je ne lui serrerai plus la main », mais on n'a pas été surprises parce que lui, on savait déjà que c'était un débile profond !

Vos vrais amis, eux, seront toujours là pour vous. Et vous soutiendront quoi qu'il arrive. Il y a un moment, dans la vie, où on fait le tri parmi ses potes : on se rend compte que tous ne sont pas de « vrais amis ». C'est un moment difficile, bien sûr, mais c'est du temps de gagné parce qu'un jour ou l'autre vous auriez bien fini par vous en rendre compte…

CONSEIL N° 2 : OSER ASSUMER SA SEXUALITÉ

J'avais un pote au lycée (un autre !) qui nous racontait toujours qu'il avait des tonnes de petites amies mais qu'on ne voyait jamais. Chaque fois, il disait que sa copine allait venir à la soirée, et puis au dernier moment elle avait toujours un problème de famille… *C'était bizarre, quand même, non ?* Ça a fini par

créer des problèmes entre nous parce qu'on avait bien compris qu'il nous mentait grave ! C'était un ami très proche et j'étais blessée de le voir me mentir comme ça... Je me disais qu'il ne me faisait pas confiance, qu'on n'était pas de vrais amis puisqu'il n'était pas sincère avec nous. En plus, je ne voyais pas pourquoi il avait besoin de me mentir : je m'en fichais complètement, moi, qu'il ait une copine ou non !
Quand il m'a avoué qu'en fait il n'avait jamais eu de copine et qu'il racontait ça pour cacher le fait qu'il était gay, ça a été un grand soulagement. Pour moi, c'était comme si j'avais retrouvé mon ami, que la confiance était revenue entre nous. J'ai été très touchée qu'il m'en parle et je lui ai fait promettre de ne plus jamais me mentir ! Et lui, je l'ai vu changer direct ! Quelques secondes après m'en avoir parlé, son visage s'est éclairé, il était moins tendu, plus léger, plus naturel... C'était comme s'il s'était libéré d'un poids. Maintenant, il est vraiment bien dans sa peau. Il a plein de petites histoires d'amour. Et depuis quelque temps, peut-être même une grande histoire aussi... **#JECROISELESDOIGTS**. On en discute beaucoup ensemble, on rigole, on partage... Ça fait du bien de pouvoir tout se dire !

CONSEIL N° 3 : EN PARLER À SES PARENTS

Ce conseil, il est plus compliqué à appliquer. Ça dépend tellement des cas ! Je sais qu'il y a des familles où ça passera moins bien que chez d'autres... Et je comprends complètement que vous hésitiez, et même que ça vous paraisse impossible.
Un de mes potes a choisi de ne pas en parler à ses parents, et je peux le comprendre parce que je sens bien que sa famille aura du mal à l'accepter. Mais je l'encourage parce que l'amour d'un père ou d'une mère peut être plus fort que tout. Je suis sûre que quelqu'un d'homophobe peut changer pour ne pas perdre le lien avec son enfant. C'est une relation unique ! Bien souvent, les gens se permettent des mots violents parce qu'ils ne connaissent aucun gay. En apprenant que leur fils ou leur fille est concerné, ils peuvent changer de ton, de regard. Alors, bien sûr, prenez le temps de réfléchir, de trouver les mots et d'attendre le meilleur moment pour aborder le sujet. Mais faites aussi confiance à l'amour de vos parents.

Une dernière chose, encore : laissez-leur le temps de réaliser, de « digérer », comme dirait ma sœur. Ça peut être un choc pour eux s'ils ne s'y attendaient pas. Mais j'en suis sûre : ce n'est pas parce que vos parents réagissent mal au début qu'ils ne pourront pas changer d'avis après y avoir réfléchi de façon plus posée… **#LAISSEZFAIRELETEMPS**

CONSEIL N° 4 : COMBATTRE L'HOMOPHOBIE

Comme je vous le disais, tout le monde n'est pas ouvert d'esprit. Et franchement, *j'ai la haine contre ces gens qui jugent les autres en fonction de leur sexualité*. Quand mon ami s'est fait agresser dans la rue avec son copain, j'étais tellement en colère ! De base, je ne comprends pas ce que ça peut leur faire qu'Untel ou Unetelle soit gay ! On ne choisit pas de qui on est amoureux, ça nous tombe dessus, c'est comme ça… Alors, comment peut-on juger quelqu'un pour ça ? Mais si en plus il y a de la violence, des insultes, des agressions, là, ça me met carrément en rage ! J'ai évidemment encouragé mon pote à porter plainte à la police parce que ces gens-là doivent être punis, aller en prison, même !

En lisant des articles pour écrire ce chapitre, j'ai appris que les insultes homophobes sont punies par la loi. Exactement comme les propos racistes.

Si on vous fait des remarques au lycée, ou si vous êtes harcelés sur internet à cause de ça, vous devez vous défendre. Si vous ne savez pas comment faire, appelez SOS Homophobie. Je vous donne même le numéro : 01 48 06 42 41. C'est anonyme et gratuit, donc n'hésitez pas !

Tout ça, ça m'a fait penser à tous ces mecs qui se traitent de « pédés » pour rigoler. Ils ne se rendent pas compte que c'est homophobe. Ils disent ça comme ils diraient « boloss » ou n'importe quelle autre insulte. Mais c'est grave d'utiliser ce mot comme si c'était une injure ! Alors, les mecs, s'il vous plaît, arrêtez de blesser les gens en disant des trucs comme ça ! Je crois que vous avez compris que je ne supporte pas l'homophobie. Et toutes les formes de racisme. Peu importe qu'on soit gay ou hétéro, qu'on ait la peau noire ou... les cheveux verts ! *Ce qui compte, c'est ce qu'on a dans le cœur, pas vrai ?*

CONSEIL N° 5 : LIRE « WILL ET WILL », DE JOHN GREEN

C'est un livre que j'ai adoré et qui parle, justement, d'une histoire d'amour entre deux jeunes ados gays. C'est très bien raconté et surtout très romantique !

#ONADORE. Ce qui est bien, c'est que tout le monde peut le lire parce que ça parle de l'homosexualité mais aussi de la vie au lycée, des embrouilles de potes, des histoires de réputation… et surtout du premier amour ! C'est par l'auteur de *Nos étoiles contraires*, donc si vous avez aimé celui-là, foncez, vous ne serez pas déçus !

LE TÉMOIGNAGE D'UN DE MES AMIS

« À mon entrée en seconde au lycée, j'étais à la fois content et angoissé. J'avais un ami, Pierre, qui était dans la même classe que moi, ce qui m'a permis d'être plus à l'aise les premiers jours. Une semaine après, on a commencé à se faire d'autres amis, des mecs, ce qui n'était pas très courant pour moi. En effet, étant homosexuel, j'avais plus de facilité à devenir ami avec les filles, aussi parce qu'elles sont plus tolérantes avec les mecs "comme moi".

Pour moi, à ce moment-là de ma vie, traîner avec des mecs qui ne savaient pas que j'étais homosexuel transformait ma personnalité. Ces changements passaient par tout : la façon de parler, de bouger, de penser, même. Toutes ces choses se faisaient en total contrôle de ma part, j'étais sans cesse en train de calculer mes moindres faits et gestes. Bref, au début tout se passait bien, j'étais intégré, personne n'avait de doute sur moi, j'avais un bon groupe de potes et j'étais heureux, sauf qu'un jour, au déjeuner, un pote m'a posé une question...

On était tranquillement en train de manger avec Pierre et un pote qu'on s'était fait dans notre classe, quand d'un seul coup il s'est mis à me regarder avec insistance. Gêné, je lui ai demandé pourquoi il me fixait. Il m'a répondu : "Je ne sais pas pourquoi mais... tu ne serais pas pédé, toi ?" Elle était là, la question que je redoutais le plus depuis mon entrée au lycée. J'ai eu un petit moment d'hésitation avant de répondre : est-ce que je devais lui dire oui au risque qu'il le prenne mal, ou lui dire non et tenter de le convaincre encore et encore jusqu'à la fin de ma scolarité ? Je me suis dit que puisque j'avais bien réussi à m'en sortir pendant ce premier mois de cours, pourquoi ne pas continuer ?... Pierre, qui était au courant, lui a aussi soutenu que non et qu'au collège où nous étions avant je sortais avec des filles. Ce qui était totalement faux, mais c'était pour me protéger ; lui, il s'en foutait de ma sexualité car il savait que ça ne regardait que moi.

Une semaine après, pensant que cette histoire était oubliée, je suis allé en cours de sport, comme d'habitude. Je n'aurais jamais pensé que ça allait chauffer autant pour moi ce jour-là. Ce pote qui m'avait questionné sur ma sexualité au self la semaine d'avant

avait demandé à d'autres mecs s'ils le pensaient aussi. Pas de chance pour moi, ça leur a mis à tous la puce à l'oreille. Imaginez-vous l'angoisse que j'ai ressentie dans les vestiaires ce jour-là, avec tous les regards posés sur moi. J'avais à peine eu le temps de m'asseoir sur le banc pour me changer qu'ils commençaient à me poser des questions dans le genre : "T'es vraiment homo ?", "Tu le vis bien, de sucer des mecs ?", "Si je te vois me mater quand je me change, t'es mort, OK ?"
J'ai vu ma vie défiler ; plein de questions tournaient dans ma tête : "Qu'est-ce qu'ils vont me faire ?", "Je dois leur répondre ?", "Est-ce que je me change ou je m'en vais ?" J'ai pris mes affaires et j'ai foncé tête baissée dans le hall du gymnase.
Là, deux filles sont venues me voir, Lola et Mélanie. Je leur avais déjà parlé quelquefois mais sans plus. Elles m'ont demandé pourquoi j'étais tout rouge et pas en tenue de sport, et j'ai répondu que je l'avais oubliée. C'était la première fois de l'année que j'oubliais ma tenue de sport, rien d'anormal pour un lycéen. Cool, on ne me posera pas de questions du coup.

Le lendemain, je n'avais donc plus de potes, j'étais de retour à la case départ, j'avais peur de venir en cours, d'affronter leur regard, à tous ces mecs qui m'avaient insulté et exclu de leur groupe. En classe, on avait pris l'habitude de se mettre dans le fond, et comme dans certains cours on n'avait pas le droit de changer de place comme on voulait, j'étais obligé de m'asseoir à côté d'eux. Je prenais sur moi, je me disais qu'ils finiraient par se lasser comme je ne répondais pas à leurs questions. Sauf qu'à 15-16 ans, tu n'as pas cette mentalité-là : quand on ne te répond pas, tu t'énerves. Et donc, les insultes en cours, les bousculades dans les couloirs et les menaces dans les vestiaires s'enchaînaient.

Au fil du temps, j'ai quand même réussi à me faire des amies, les deux filles qui étaient venues me voir le jour où j'avais "oublié mes affaires de sport". Elles n'avaient rien contre moi, elles m'aimaient bien. ENFIN des personnes à qui parler, avec qui manger le midi. Je n'étais plus seul dans mon coin et elles étaient mes nouvelles alliées, fidèles puisqu'elles me défendaient et se faisaient même insultées par mes anciens "potes" parce qu'elles traînaient avec moi. Mais elles s'en fichaient, elles étaient plus matures qu'eux et c'était ça qui comptait.

En cours d'arts plastiques, il n'y avait que des tables de deux personnes, ce qui est embêtant quand on est un groupe de trois. Alors on échangeait toutes les semaines, un de nous s'asseyait derrière seul et les deux autres, sur la table devant. Un jour où c'était à mon tour de me mettre derrière, seul, deux mecs se sont assis à la table derrière moi. Comme ils me lâchaient un peu à ce moment-là, je m'en fichais. Au milieu du cours, ils ont commencé à m'insulter et j'ai fait semblant de ne pas entendre, comme d'habitude. Ils m'insultaient à voix haute. Je voyais bien que le prof me regardait bizarrement, je me suis donc demandé s'il avait enfin entendu, mais puisqu'il continuait son cours normalement, je me suis dit que non.

Ne me voyant pas réagir, un des mecs derrière moi m'a mis une claque derrière la tête ; le prof l'a vu mais, pour autant, il n'a eu aucune réaction. J'étais choqué, je me suis demandé comment ça allait finir si je commençais à me faire frapper et qu'en plus de ça un prof qui en était témoin ne réagissait pas. Dix minutes après, entendant encore des insultes, il a fini par leur dire de faire moins de bruit (oui : *moins de bruit*). Un peu léger, pour des élèves qui n'arrêtent pas d'insulter quelqu'un depuis le début du cours.

Le lendemain, j'étais convoqué dans le bureau de la CPE. Elle m'a dit qu'elle savait pour moi, pour ce que je subissais au quotidien. Elle m'a demandé de citer leurs prénoms, de lui dire comment ça avait commencé, pourquoi est-ce qu'ils faisaient ça, et est-ce que j'en avais parlé autour de moi... Des questions auxquelles je n'avais pas forcément envie de répondre de peur des représailles, alors voici ce que j'ai dit : "Je ne veux pas donner leurs prénoms ; si je suis là, c'est parce que vous savez qui c'est. Depuis quand ? Je ne sais plus trop. Pourquoi ? Parce qu'ils ont su que j'étais homosexuel."
C'était un mélange de mensonges, de vérité et d'angoisse qu'elle n'arrive pas à m'aider. Elle m'a avoué que c'était un élève de ma classe qui l'avait prévenue que j'étais harcelé. Au cours de la discussion, elle m'a demandé si j'avais déjà eu des idées noires. Ma réponse ? "Oui, tous les jours, mais je ne ferai jamais quoi que ce soit, pour ma famille, mes amis et parce que je leur donnerais raison, à ces personnes qui ne me comprennent pas." J'avais lu plusieurs témoignages sur internet qui m'encourageaient à aller de l'avant et à ne pas mettre fin à mes jours à cause d'idiots.

En sortant de cet entretien, j'avais retrouvé un peu l'espoir que tout ça se finisse un jour. Ça n'a pas manqué : deux semaines après, les élèves qui m'avaient pourri les quatre premiers mois de ma seconde ont été exclus du lycée. J'ai pu finir mes années de lycée sans cette boule au ventre que j'avais tous les jours.

Cinq ans après cet épisode désastreux de ma vie, je n'ai plus aucun problème avec ma sexualité et moi-même. Cependant, j'ai toujours des problèmes vis-à-vis de certaines personnes qui, comme celles qui m'insultaient dans le passé, ne comprennent pas l'homosexualité, ne la conçoivent pas. Évidemment, c'est moins fréquent que lorsque j'étais au lycée, mais là ça se produit avec des inconnus dans la rue, des personnes qui ne me connaissent pas et qui n'ont pas à porter de jugement sur qui que ce soit.

Avec la maturité, je voudrais dire à tous ceux qui traversent une étape de leur vie similaire à celle que j'ai vécue qu'il ne faut pas lâcher, ne pas perdre patience. Parlez, parlez-en autour de vous, ne le gardez surtout pas pour vous, ça ne fait qu'aggraver les choses ! Entourez-vous des personnes qui vous comprennent et vous acceptent comme vous êtes. Les autres ne vous méritent pas et finiront un jour ou l'autre par vous laisser tomber.

Aujourd'hui, je tiens à remercier les personnes qui m'ont soutenu quand je n'allais pas bien, quand je ne savais pas quoi faire ou répondre : Pierre qui ne m'a jamais lâché pendant cette période, Lola et Mélanie qui m'ont soutenu et aidé depuis tout ce temps, les autres élèves de ma classe qui eux aussi prenaient parfois ma défense, et surtout toi, l'anonyme qui a su faire ce que je n'aurais jamais eu le courage de faire : en parler à la CPE. C'est sûrement grâce à toi si j'en suis là aujourd'hui. »

Chapitre 11
ÊTRE TROMPÉE PAR SON MEC

Salut Margot,

Je t'écris aujourd'hui parce que j'ai vraiment besoin de parler à quelqu'un.

La semaine dernière, j'ai découvert que mon copain m'avait trompée le soir du Nouvel An. Le pire, c'est que je l'ai appris par hasard : en cherchant un numéro dans son portable, je suis tombée sur des textos qu'il avait échangés avec elle, après la soirée. Ça m'a fait un choc ! Au début, il a nié, mais au bout de deux heures de discussion il a fini par avouer la vérité.

Depuis, je ne fais que pleurer et je n'arrête pas de regarder des photos de la fille sur Facebook pour comprendre ce qu'elle a de plus que moi. Je sais qu'il s'en veut beaucoup d'avoir fait ça parce qu'il m'envoie tous les soirs des longs messages d'excuses dans lesquels il me dit que c'était juste physique entre eux, qu'il n'a jamais eu de sentiments pour elle et que c'est moi qu'il aime. Mes copines me disent de rompre avec lui mais, même s'il s'est mal comporté, je suis encore amoureuse de lui.

Dis, Margot, qu'est-ce que je dois faire ? Est-ce que je peux lui pardonner, ou est-ce que s'il m'a trompée une fois, ça veut dire que je ne peux plus lui faire confiance ?

Gros gros gros bisous !

Lucille

Ça, c'est une sacrée question ! Et j'ai beaucoup réfléchi avant de vous répondre, parce que ça ne m'est jamais arrivé et que je n'aime pas trop donner mon avis quand je n'ai pas vécu moi-même la situation. Mais j'ai beaucoup de copines qui ont connu ça et c'est à elles que j'ai demandé des conseils pour vous aider à prendre la bonne décision. Chacune a son point de vue mais toutes sont au moins d'accord sur une chose : retrouver confiance en soi, et en l'autre, ça prend du temps. Que vous choisissiez de quitter votre copain ou de lui pardonner, la blessure est de toute façon trop grande pour se refermer tout de suite.
Alors, surtout, n'allez pas trop vite ! Commencez par faire un break avec lui, juste pour laisser passer ce « choc » dont vous parlez dans vos lettres, *pour prendre le temps de vous poser, de démêler les choses et d'y voir plus clair*.

Et profitez de ce moment pour faire la différence entre la vraie infidélité et celle que vous imaginez dans votre tête. Je dis ça parce que j'ai une amie qui a quitté son copain parce qu'elle croyait qu'il l'avait trompée, et des mois plus tard elle s'est rendu compte que ce n'étaient que des rumeurs. Quand elle l'a compris, elle a essayé de se remettre avec lui mais

c'était trop tard, il était tombé amoureux d'une autre… Cette amie avait un gros problème de jalousie : dès que son copain parlait avec une autre fille, elle était persuadée qu'il allait la tromper. Alors forcément, si quelqu'un de malintentionné lui racontait qu'il avait vu son copain embrasser une autre fille à une soirée, elle le croyait direct !
Elle n'avait pas confiance lui, c'est sûr, mais surtout elle n'avait pas confiance en elle. Elle avait toujours l'impression qu'elle était moins jolie, moins marrante, moins stylée que les autres, alors, même si son copain lui disait qu'il l'aimait, elle s'imaginait tout le temps qu'il allait craquer pour une autre. Ça la rendait malade et, au final, ça a détruit son couple.

Évidemment, c'est normal d'être un peu jalouse quand on voit son copain rigoler avec une autre fille. *Mais si on panique, on ne s'en sort pas !* Vous imaginez si je devenais folle de rage chaque fois qu'une fan fait des compliments à Maxence ou lui demande une photo ? Je n'en aurais jamais fini ! Au début, c'est vrai que je m'énervais. Surtout quand des filles lui demandaient un bisou ! Sur la joue, bien sûr, mais quand même… Aujourd'hui, grâce à mes livres, au succès qu'ils ont rencontré et, surtout, grâce à vos messages de soutien, j'ai pris suffisamment confiance en moi pour ne pas me sentir en danger chaque fois qu'une jolie fille sort son plus beau sourire à Maxence et se colle à lui pour faire un selfie.

Par contre, si vous avez la preuve qu'il vous a trompée, c'est différent. Cette infidélité a cassé quelque chose en vous et, quelle que soit votre décision (lui pardonner ou le quitter), il va falloir vous reconstruire et retrouver l'estime de vous-même. Voici quelques conseils, tirés de mes longues discussions avec mes copines, qui vous aideront, j'espère, à affronter la situation.

CONSEIL N° 1 : GARDER LA TÊTE HAUTE

Quand on a été trompée, on se sent comme la dernière des nulles. Il faut déjà gérer cette douleur, alors pas la peine d'y ajouter l'humiliation publique. On en parle à ses deux ou trois meilleures amies, et c'est tout ! Plus il y aura de gens au courant, plus vous aurez l'impression que tout le monde vous regarde avec pitié et plus vous aurez du mal à dépasser ce sentiment de honte qui vous envahit.
Pour la même raison, évitez de vous disputer avec

votre copain devant les autres. C'est sûr, vous bouillez de colère, mais si tout le collège vous voit crier et pleurer, vous vous sentirez encore plus mal. Alors gardez vos reproches pour les tête-à-tête avec lui ; même si c'est dur, il le faut ! Et devant son groupe de potes, jouez-la distante, voire carrément indifférente. Personne n'a à savoir ce qui se passe dans votre couple, *cela ne regarde que vous et lui*.

CONSEIL N° 2 : ARRÊTER DE SE COMPARER À L'AUTRE

Face à l'infidélité, notre premier réflexe sera toujours de nous demander ce que l'autre a de plus que nous. On regarde des photos sur Facebook et on se dit qu'elle est plus jolie, plus mince, plus élégante... À force de se répéter ça, on finit par se convaincre qu'on est vraiment moche, grosse et mal habillée, et à la fin on a l'impression que c'est notre faute si on a été trompée. ***FAUX !*** *C'est quand même le monde à l'envers !* C'est vous, la victime. Et c'est sa faute à lui s'il n'a pas été capable de tenir sa promesse ! Faites la liste de toutes vos qualités que lui n'a pas (en commençant par l'honnêteté !) et relisez-la dès que vous avez un coup de blues. Ça vous remontra le moral.

CONSEIL N° 3 : RENONCER À LA VENGEANCE

Je ne sais pas si vous êtes comme ça mais moi, quand on me fait mal, j'ai des envies de vengeance. Alors j'imagine que, si Maxence me trompait, j'aurais envie d'embrasser un autre garçon devant lui, juste pour qu'il souffre autant que moi. C'est une réaction naturelle, mais c'est une très mauvaise idée !

C'est ce qu'a fait une de mes copines et, au bout du compte, ça ne lui a rien apporté. Pour se venger de son copain qui l'avait trompée, elle est sortie avec son

meilleur ami. Il ne lui plaisait pas – elle ne l'avait même jamais apprécié comme pote. Au début, ça l'amusait de voir que ça faisait enrager son ex, mais au bout de quelques jours, quand le meilleur ami en question lui a annoncé qu'il était carrément amoureux d'elle, elle a eu le sentiment de l'avoir trahi. Et elle a décidé de rompre avant de s'enfoncer encore plus dans son mensonge.
La morale de l'histoire ? Ce n'est pas parce que votre copain s'est mal comporté que vous devez vous abaisser à son niveau : *vous valez beaucoup mieux que ça !*

CONSEIL N° 4 : ÉVITER DE CROIRE LES GÉNÉRALITÉS

Ce n'est pas parce que votre copain vous a trompée que tous les mecs sont pareils ! Je sais que c'est ce qu'on a tendance à penser quand on a été blessé. Mais ce genre de réflexion n'aide pas à se remonter le moral. Et là, ce dont vous avez besoin, c'est de *pensées positives* ! En mettant tous les garçons dans le même sac, vous vous privez de la chance d'en rencontrer un qui sera honnête. Et ça serait quand même dommage de laisser passer un mec bien à cause du nul qui ne méritait pas votre amour ! Regardez autour de vous : des garçons sympas, ouverts et réglo, il y en a plein... et certains sont mêmes célibataires !

CONSEILS N° 5 : CHANGER DE STYLE

C'est souvent après une période difficile que se décident de grands changements. On a envie de changer de vie, alors on commence par changer de look ! C'est donc l'occasion ou jamais de craquer pour cette robe que vous pensiez trop féminine pour vous ou de vous offrir votre première paire de chaussures à talons ! Même chose côté cheveux où, après s'être fait chouchouter chez le coiffeur, on ressort avec le sourire... et *une nouvelle coupe pour un nouveau « moi » !*

Et même sans dépenser un centime, on peut bousculer les choses : en faisant le tri dans son dressing, en mettant une jolie jupe qu'on n'avait jamais osé mettre, en changeant sa façon de s'attacher les cheveux ou de se maquiller les yeux... Qu'importe le moyen, l'essentiel est de se sentir transformée pour marquer une rupture avec le passé et s'ouvrir aux belles opportunités que vous offrira l'avenir.

CONSEIL N° 6 : ÉCOUTER SON CŒUR

Reste à savoir s'il faut pardonner, ou non, à celui qui vous a trompée. Et ça, il n'y a que vous qui pouvez le décider ! Le seul conseil que je peux vous donner, c'est de ne pas trop écouter ceux des autres, justement. Ne prenez jamais une décision sous la pression de votre entourage, car même vos amies les plus proches ne connaîtront jamais le secret de votre ❤️. Si vous ne vous sentez pas capable de faire de nouveau confiance à votre petit copain, quittez-le, même si tout le monde vous dit qu'il ne mérite pas ça. Et si vous vous sentez la force de lui pardonner, restez avec lui, même si tout le monde vous dit que vous vous faites avoir. Écoutez l'opinion des autres, bien sûr, discutez-en, mais *faites vos propres choix et assumez-les*. Il s'agit de votre vie, pas de celle de vos copines !

ÊTES-VOUS UN PEU, BEAUCOUP OU CARRÉMENT TROP JALOUSES ? POUR LE SAVOIR, FAITES LE TEST !

1. VOTRE COPAIN A OUBLIÉ SON PORTABLE CHEZ VOUS. IL REÇOIT UN TEXTO AU MILIEU DE LA NUIT...

■ Vous éteignez le téléphone pour ne plus être réveillée.

▲ Vous jetez un œil à l'expéditeur. Mais qui peut bien lui envoyer un message à une heure pareil ?

● Vous lisez le SMS et n'en dormez pas de la nuit car vous ne connaissez pas l'expéditeur.

2. IL VOUS ANNONCE QU'IL PART EN VACANCES ENTRE POTES...

■ Vous lui offrez un maillot de bain.

▲ Vous l'appelez tous les jours pour prendre des nouvelles.

● Vous insistez pour partir avec eux.

3. VOUS ARRIVEZ CHEZ LUI PENDANT QU'IL REGARDE LE CLIP D'UNE CHANTEUSE SEXY...

■ Vous le regardez avec lui car vous adorez cette chanteuse aussi.

▲ Vous lui demandez ce qui lui plaît chez elle.

● Vous changez de chaîne.

4. UNE RUMEUR RACONTE QU'IL VOUS A TROMPÉE…

■ Vous n'écoutez jamais les rumeurs.

▲ Vous en parlez avec lui.

● Vous lui faites une scène.

5. LORS D'UNE FÊTE, IL PARLE AVEC UNE FILLE CANON…

■ Vous en profitez pour danser avec vos copines.

▲ Vous allez vers eux pour l'embrasser fougueusement.

● Vous lui faites la tête toute la soirée.

6. IL ANNULE VOTRE SORTIE AU CINÉ POUR CAUSE DE GRIPPE CARABINÉE…

■ Vous lui envoyez la recette du grog de votre grand-mère.

▲ Vous passez la soirée avec lui au téléphone.

● Vous débarquez chez lui.

7. SA MEILLEURE AMIE L'APPELLE. ELLE EST EN PLEIN CHAGRIN D'AMOUR…

■ Vous les laissez discuter entre eux.

▲ Vous participez à la conversation.

● Vous râlez le plus fort possible. Mais qu'est-ce qu'elle a encore, celle-là ?

8. IL EST RESTÉ POTE AVEC SON EX...

■ Ça vous attendrit. C'est vraiment un garçon sympa.

▲ Ça vous agace. Elle était quand même vraiment jolie.

● Ça vous rend folle. Elle ne peut pas se trouver un nouveau mec ?

9. IL RENTRE D'UN TOURNOI DE FOOT, VOUS LUI DEMANDEZ...

■ Si son équipe a gagné.

▲ S'il y avait beaucoup de spectateurs.

● Si vous lui avez manqué.

10. POUR VOUS, LA JALOUSIE, C'EST...

■ Un manque de confiance en l'autre.

▲ Un manque de confiance en soi.

● Une preuve d'amour.

MAXIMUM DE ■ : « La jalousie ? Connais pas ! » Vous avez une grande confiance en vous et en l'amour que vous porte votre copain. Bravo ! Mais êtes-vous bien sûre d'avoir répondu avec sincérité à toutes les questions ?

MAXIMUM DE ▲ : Vous avez confiance en votre copain, mais parfois vous manquez de confiance en vous. Ça vous rend un peu jalouse, ça peut même vous faire beaucoup de mal, mais vous le gardez pour vous. N'hésitez pas à en parler à votre copain, car vous avez surtout besoin d'être rassurée.

MAXIMUM DE ● : Si quelqu'un s'approche de votre copain, vous devenez une vraie tigresse ! Il y a des garçons qui aiment ça, parce qu'ils se sentent valorisés. Mais il y en a d'autres que cette attitude fera fuir parce qu'ils se sentiront étouffés... alors attention à ne pas franchir la limite !

Chapitre 12
TROUVER SA VOIE

Hello Margot !

D'abord, bravo pour tout ce que tu fais ! J'ai lu tous tes livres et je t'ai même vue en dédicaces. C'était marrant de te voir dans ma ville ! Ça doit être génial de voyager comme ça, dans plein d'endroits. Je te parle de ça parce qu'en ce moment on doit faire nos choix pour l'orientation et c'est la galère !

Je suis en troisième et j'aimerais bien aller en seconde générale pour rester avec ma copine, mais il paraît que j'ai pas le niveau… De toute façon, je n'ai aucune idée de ce que je voudrais faire plus tard. Ma mère me prend la tête avec ça, mais quand je lui dis que j'adore la mode, elle pète un câble

parce que ça n'est pas assez « réaliste ». Mais moi,
j'ai envie de faire un travail qui me plaît !
Toi, t'as un super boulot ! Tu voyages, tu rencontres
des gens... C'est cool ! J'aimerais ça, voyager. Pas
forcément loin, mais bouger tout le temps... En
fait, je ne sais même pas si ça existe, les métiers
comme ça ! Enfin, pour les gens qui ne sont pas
célèbres !
Dis, Margot, comment on fait pour le trouver, le
« job de ses rêves » ?

À +

Bisous XXX

Lola

Sur cette question-là, je ne suis pas la mieux placée pour donner des conseils parce que… je me cherche encore ! Je n'ai que 19 ans… *et plein de choses à vivre !*

Ces dernières années, ma vie a été transformée et toute cette aventure m'a menée bien plus loin que je ne l'aurais jamais imaginé. Souvenez-vous : j'étais une ado normale, en bac pro ASSP à Rouen, quand j'ai commencé mes chroniques sur ma page Facebook. Je voulais juste raconter mon quotidien, le partager avec mes amis… Au bout d'une semaine, j'avais 13 000 sur Facebook ! À partir de là, tant de choses se sont enclenchées : les livres, les dédicaces, les séances photo pour les magazines ou les marques qui m'ont demandé d'être partenaire… C'était dingue !

Grâce à tout ça, j'ai pu découvrir des univers que je ne connaissais pas du tout : la mode, les médias, l'édition, le business… J'ai appris plein de choses et j'ai rencontré des tas de gens différents qui font des métiers très cool : des stylistes, des designers de bijoux, des créatifs dans la publicité… Ça m'a ouvert l'esprit et m'a donné plein d'envies !

Pendant longtemps, je n'osais pas imaginer que je pourrais avoir ce genre de travail. En fait, je me suis fermé des portes simplement parce que je manquais de confiance en moi… ou que je ne voyais pas plus loin que ma petite ville. Maintenant que je m'en suis rendu compte, je réfléchis à reprendre mes études. Parce que moi aussi, j'ai envie de trouver le job de mes rêves !

Le top, ce serait d'être une femme d'affaires. Je me vois trop avec mon petit tailleur, toujours entre deux rendez-vous ! Alors je me dis pourquoi pas une formation dans le commerce ? Comme ça, je pourrais monter ma marque ou ma boutique. Avec ma sœur, on a toujours rêvé d'avoir notre boutique. Elle a grave l'œil pour les belles choses et je suis sûre que ça cartonnerait. Mais pour ça, il faut apprendre à gérer un business !
Sinon, je tenterais bien le BTS gestion et production de spectacles. À force d'être *basctage* dans les concerts de Maxence, j'ai découvert tout ce qu'il y avait derrière, et plein de jobs super cool comme attachée de production ou responsable des VIP. Comme ça, je pourrais gérer les tournées de Maxence ! **HA, HA !**

Tout ça pour vous dire que ça prend du temps de comprendre ce que l'on veut **VRAIMENT** faire. En troisième, j'étais encore trop timide pour m'imaginer parler devant une foule de gens présents à ma dédicace ! Maintenant, c'est ce que je préfère faire : partir à travers la France pour vous rencontrer.

Cette fabuleuse expérience que j'ai vécue grâce à vous, mes amours, grâce à votre soutien et à vos encouragements, m'a permis de trouver ma voie. J'en ai tiré quelques leçons de vie que j'aimerais partager avec vous pour vous aider, j'espère, à vous réaliser.

CONSEIL N° 1 : SE BOUGER !

Pendant longtemps, j'ai attendu un déclic. En gros : je rêvassais sur mon lit en imaginant ce que je pourrais bien faire dans la vie… et ça ne m'a pas aidée à trouver ! Ce qui m'a aidée, c'est de me bouger : d'écrire mes chroniques, de les faire éditer, de monter un site web… C'est par là que tout a commencé.

Ça m'a fait comprendre que c'est à nous de prendre notre vie en main. Qu'il faut faire la démarche de se renseigner, d'aller à la rencontre des gens, de poser des questions… Plein de choses vous plaisent, j'en suis sûre. Choisissez une idée et suivez-la. Allez au CIO, au Salon de l'Étudiant, faites des recherches sur internet, lisez des témoignages d'anciens élèves… Le job de nos rêves ne nous tombe jamais dessus par miracle ! **#TOOBAD**

CONSEIL N° 2 : S'ÉCOUTER

Une chose est sûre : *c'est à **VOUS** de faire votre choix*. L'orientation, c'est vraiment une décision personnelle. Il n'y a que vous qui savez ce pour quoi vous êtes faites, ce qui vous éclate et vous rend heureuses. Écoutez les conseils qu'on vous donne, bien sûr, mais

surtout : écoutez-vous. Les autres ont souvent une image de nous qui ne correspond pas vraiment à la réalité. Ils s'imaginent des choses sur nous, qu'on est comme ci, ou comme ça, alors que nous... on sait que c'est faux !
J'avais une copine à qui tout le monde disait qu'elle devrait faire de la vente parce que c'était une sacrée tchatcheuse. Et elle, ça l'étonnait toujours parce qu'elle disait qu'elle n'aimerait pas du tout vendre des choses aux gens, que ce qu'elle aimait, c'était les faire rire, les rendre heureux. Au final, elle est super contente de bosser dans une crèche. Et avec sa tchatche, elle doit bien les faire marrer, les petits !

CONSEIL N° 3 : FAIRE DES PETITS BOULOTS

Moi, j'ai toujours bossé en dehors de mes études. J'ai fait plein de trucs : j'ai travaillé en maison de retraite, à la fête foraine, j'ai gardé des enfants, vendu des bijoux... Ça m'a permis de partir en vacances ! Et ça m'a aidée à faire mes choix. Par exemple, c'est parce que j'ai souvent travaillé en tant qu'aide-soignante l'été que j'ai décidé de m'inscrire en bac pro ASSP. Je connaissais la réalité du travail et je savais que ça me plaisait bien. Le contact avec les gens est très fort dans ce métier, et ça me touchait beaucoup. C'est un beau métier, aide-soignante. C'est celui de ma maman, la meilleure de la profession !

CONSEIL N° 4 : VISER HAUT

Quand on est, comme moi, une ado originaire d'une petite ville où tout le monde se connaît, le monde paraît parfois tout petit, tout fermé. On a des rêves, mais ils nous semblent trop grands pour nous. Alors on se rabat sur un projet plus petit, qui nous plaît moins mais qui semble plus à notre portée.
Bien sûr qu'il faut être réaliste, mais je crois aussi qu'on ne devrait rien s'interdire ! Qu'on a le droit de s'imaginer avocate, businesswoman, médecin dans l'humanitaire, voire styliste de mode, même si cet univers est très loin de celui dans lequel on a grandi.
À nous de nous battre pour réaliser nos rêves.

Au début, peu de gens ont cru que je pourrais avoir du succès avec mes chroniques, qu'elles pourraient amuser les gens, les intéresser. Comme si ça leur paraissait impossible qu'une fille comme moi, une fille toute simple, puisse réussir quelque chose qui sorte de l'ordinaire.

Eh bien, chaque fois que je me retrouve devant vous, qui êtes venus par dizaines pour que je vous dédicace un de mes livres, je me dis que j'ai bien fait de ne pas les écouter ! Alors vous non plus, n'écoutez pas ceux qui essaient de vous couper les ailes... *et prenez vite votre envol !*

CONSEIL N° 5 : SE DÉTENDRE

Bien sûr, l'orientation est un choix très important qui va avoir un impact décisif sur votre vie future. Mais ne vous mettez pas trop la pression non plus, c'est le meilleur moyen de paralyser son cerveau ! Plutôt que d'y penser toute la journée en stressant, réservez-vous des moments pour y réfléchir à tête reposée.
Seuls dans votre chambre, sur une musique qui vous plaît, répondez à la liste de questions qui suit. Faites-le comme un jeu, comme un test dans un magazine. Mais prenez le temps de bien réfléchir à chaque question. Et j'espère que vous y verrez déjà un peu plus clair...

DITES-MOI COMMENT VOUS ÊTES… JE VOUS DIRAI POUR QUEL MÉTIER VOUS ÊTES FAITS

Pas facile de trouver sa voie quand on est encore au collège ou au lycée… Voici une liste de questions pour vous aider d'abord à mieux vous connaître. Ensuite, allez voir le conseiller d'orientation avec vos réponses et demandez-lui quels métiers pourraient vous plaire en fonction de vos réponses. Attention, vous pourriez être surpris !

1. Qu'est-ce qui vous fait le plus kiffer dans la vie ?
(Garder des enfants, faire du théâtre, organiser un vide-greniers, bricoler, lire des magazines de mode…)

2. Quelle est votre matière préférée ?
(Avez-vous un profil plutôt littéraire, scientifique ? Sport ou sciences éco ?)

3. Quel est votre principal trait de caractère ?

4. Vous préférez être au contact de la nature ou vivre en ville ?

5. Vous êtes plutôt du genre à aimer être au centre de l'attention ou à être en position d'observation ?

6. Vous êtes plus à l'aise quand vous travaillez tout seul ou en groupe ?

7. Le plus important pour vous, c'est d'être votre propre patron ou de travailler pour les autres ?

8. Vous préférez travailler avec vos mains ou avec votre tête ?

9. La compétition, ça vous amuse ou ça vous fait paniquer ?

10. Pour vous, il est plus facile de vous concentrer sur une seule chose ou d'avoir plusieurs activités en même temps ?

11. Les changements de dernière minute, ça vous stimule ou ça vous perturbe ?

12. Quand vous marchez, vous êtes plutôt du genre à regarder le ciel ou... vos pieds ?

13. Quand la télévision ne fonctionne pas, vous cherchez à comprendre pourquoi ou vous appelez le réparateur ?

14. La routine, ça vous fait peur ou ça vous rassure ?

15. Quel est le métier que vous ne pourriez jamais faire ?

REMERCIEMENTS

Avant de mettre un point final à ce livre, je tenais à remercier tous ceux qui lui ont permis d'exister… et de se trouver entre vos mains !

Spéciale dédicace à **Elsa Lafon**, la boss des éditions Michel Lafon, femme d'affaires ultra stylée, mon modèle, quoi ! Merci pour ta gentillesse et ton soutien au quotidien.

Un grand merci aussi à toute **l'équipe de Michel Lafon** qui m'accompagne depuis toutes ces années. Mention spéciale à **Anna et Zoé** pour leur relecture attentive (et leur maîtrise parfaite de l'orthographe !).

Gros bisous à **Félix**, qui a réalisé la superbe photo de couverture du livre.

Merci à **ma famille**, la meilleure maman, le meilleur papa et mes sœurs d'amour qui m'ont fait confiance et m'ont toujours poussée à aller au bout de mes rêves.

Et, bien sûr, merci à toi, **Maxence**, de m'accompagner chaque jour dans cette nouvelle aventure ; trop d'amour.

TABLE DES MATIÈRES

Pour me suivre sur les réseaux sociaux :

YouTube ***: Margot Malmaison***

facebook ***: Margot Malmaison***

twitter ***: @MargotMalmaison***

Instagram ***: @margot_mal***

snapchat ***: @margotmalmaison***

Composition et mise en pages
Nord Compo à Villeneuve-d'Ascq

Imprimé en Espagne
Dépôt légal : juin 2017
ISBN : 978-2-7499-3218-7
LAF : 2363